OLAF MÜLLER–TEUT

INSPIRATION IN ASIEN

Odyssee eines Malers

Roman

Zur Erinnerung an meine Mutter

Trude Müller-Teut (1895-1986)

Malerin des deutschen Impressionismus

Herstellung und Verlag:

BoD – Books on Demand, Norderstedt

ISBN 9 783734 767 883

Überhastet euch nicht, sondern gehe jeder seinen natürlichen Gang!

Ihr seid sicher, ans Ziel zu gelangen.

Laufet nicht!

Aber vor allem, bleibt nicht stehen!

Die Religion ist eine Straße zu Gott. Eine Straße ist kein Haus …

Es ist für alle die gleiche Straße.

Aber manche sind schon lange unterwegs, da rückt das Ziel näher …

Swami Ramakrishna (1836-1886)
aus Romain Rolland
"Das Leben des Ramakrishna",
Rotapfelverlag 1964

In the afternoon they came unto a land

in which it seemed always afternoon.

All round the coast the languid air did swoon,

breathing like one that hath a weary dream.Full-faced

above the valley stood the moon.

Alfred Tennyson (1809-1892)

"The Lotos-Eaters" (1832/1842)

1

Er stellte die Jazzmusik noch lauter. Miles Davis und Sonny Rollins. Rhythmen die ihn inspirierten, Musik, die den Raum ausfüllte. Irene rief er zu: "Diese Musik schreit nach Farben, nach visuellem Ausdruck!"

Rolf rückte seinen Schemel zur Seite, ging zweimal, dreimal um die Staffelei herum, blieb schließlich davor stehen und verstärkte den plastischen Ausdruck des Ölbildes durch mehrere heftige Pinselstriche. Irene beachtete er nicht. Sie schaute ihm seit einer halben Stunde zu. Sie wusste, dass er nicht gestört werden möchte, aber eine liebevolle Betreuung schätzte, ja geradezu erwartete. So hielt sie Fingerfood und eine Kanne dampfenden grünen Tee für ihn bereit. Er könnte ja unerwartet aufstehen, nach den Sandwiches greifen oder nach einem Glas Tee, und dann erneut durch das Zimmer eilen und seine Emotionen durch so etwas wie einen Urschrei befreien.

Das Atelier hatte drei große Fenster ohne Gardinen, Rolf liebte sonnendurchflutete Räume. Irene hatte sich bemüht, den Raum wohnlich zu gestalten, mit Blumensträußen und einer kleinen Kommode mit zierlichen Intarsieneinlagen. Vergeblich. Rolf verstellte regelmäßig alle Schränke mit seinen Bildern. Nur das Sofa neben dem rechtem Fenster und die zwei Beistelltische für Tee und Sandwiches lockerten die nüchterne Arbeitsatmosphäre auf. Immer wenn es die Arbeit in der Kanzlei erlaubte, besuchte Irene das Atelier und schaute Rolf beim Malen zu.

Wenn er malte, war er unberechenbar, etwas schien in ihm zu kochen. An einigen Tagen war er zärtlich und herzlich zu Irene, an anderen Tagen wirsch und kurz angebunden: „Stör mich nicht" oder „Der Tee ist schon wieder zu heiß".

Nachmittage voller Kreativität wechselten mit langen Stunden, in denen er nur vor sich hin starrte und kaum die Leinwand berührte. Die Musik drehte er dann bis zum Anschlag auf, so als würde sie ihm helfen, neue Energie zu tanken.

An solchen Tagen verließ er gelegentlich spontan sein Atelier, um mit Irene an der Außenalster zu joggen. Nach einer Weile beruhigte ihn das, er sprach von anderen Dingen, nur nicht von der Kunst und schon gar nicht von seinen Bildern, nein, nur von banalen Alltagsdingen oder von der Kanzlei. Es war, als lebte er in mehreren Welten zugleich, die sich nicht berührten.

Irene wollte ihm helfen seine Bilder zu verkaufen. Behutsam versuchte sie ihn davon zu überzeugen, dass er nur so mit seiner Kunst anerkannt werden könnte. Rolf schien das wenig zu interessieren.

„O ja, ausstellen möchte ich auch, vielleicht sogar einmal ein Bild verkaufen. Darum kannst du dich bemühen, ich habe momentan nicht die Kraft dazu."

Vor einigen Monaten hatte Irene drei Bilder in Konsignation an eine Galerie moderner Kunst in Hannover gegeben. Der Händler bewunderte seinen ungewöhnlichen abstrakten Stil, die sinnlichen Farben, aber es fanden sich nur zwei Interessenten, die schließlich doch nicht kauften. Rolf kommentierte weder Erfolg noch Enttäuschung.

„Meine Bilder sind etwas Besonderes, das weiß ich. Kommt der richtige Zeitpunkt, werden sie bestimmt als solches anerkannt. Wahrscheinlich ist die heutige Zeit einfach noch nicht reif dafür, aber ich habe keine Eile."

An Tagen, an denen er sich inspiriert fühlte, ver
nachlässigte er die Anwaltskanzlei, ließ Termine plat-
zen, informierte seinen Partner in barschem Ton und
eilte in sein Atelier. Mandanten könnten warten. Irene, die ihm in der Kanzlei half, hatte anschließend
Mühe, die Wogen wieder zu glätten.

Und dann kam der Tag, an dem ihn Georg besuchen wollte. Rolf arbeitete gleichzeitig an zwei Gemälden, ein Arbeitsstil, den er gelegentlich bevorzugte, so als befreie er seine Energie mit dem einen Bild
und beruhige seine Emotionen mit dem zweiten. Das
wichtigere war großformatig; dicke farbengetränkte
Pinselstriche. Er verausgabte sich, er schrie, er stöhnte, er stampfte mit den Füßen, er lebte in Farben wie
in einem Rausch. Es war, als müsste er sich von aller
negativen Energie befreien, als würde er sein Karma
säubern.

Als es draußen verstimmt klingelte, blickte Rolf
verstimmt zur Wohnungstür und drehte sich
demonstrativ zur Leinwand. Irene öffnete leise und ließ

Georg in das Atelier eintreten, Er wollte sich über die neuen Bilder informieren, da er in seinem kleinen Antiquitätengeschäft mitunter auch moderne Gemälde verkaufte.

Rolf und Georg kannten sich seit mehreren Jahren, gemeinsam hatten sie an der Kunstschule studiert. Seit seinem Unfall ging Georg etwas unbeholfen, und war bemüht, nicht an die Leinwände zu stoßen, um Rolf nicht zu stören. Rolf ignorierte ihn und malte weiter. Als Irene und Georg ganz leise miteinander sprachen, stand Rolf auf, stieß dabei seinen Schemel um und stellte die Musik noch lauter. „Night and Day" dröhnte es durch den Raum. Verstärkt konzentrierte er sich auf sein Bild.

Georg kannte das inzwischen. Er wusste, dass Rolf keine Ablenkung schätzte, dass er seine Emotionen nicht zu bändigen vermochte, wenn er seine „kreative Phase" durchlebte, wie er es nannte. Irene brachte Georg ein Glas Tee, er lächelte dankbar und setzte sich, sie schwiegen. Er würde wiederkommen, morgen oder übermorgen.

Auf fremde Besucher wirkten seine schroffen Reaktionen beunruhigend, ja unhöflich. Rolf spürte nicht, dass er damit potentielle Käufer abschreckte. Rolf arbeitete intensiv, er schien nicht zu merken, dass sich Georg leise von Irene verabschiedete. Eine halbe Stunde später legte er seine breiten Pinsel zur Seite, schob seinen Schemel vor die zweite Leinwand, einem kleinen Bild, einer dörflichen Landschaft, die verträumt in sich ruhte – ein total konträrer Stil, nun fast schon gegenständlich.

Bevor er an diesem Bild weitermalte, setzte er sich zu Irene auf das Sofa und trank mit ihr mehrere Gläser Tee. Er sagte nichts, aber kam wohl langsam innerlich zur Ruhe. Die Musik stellte er leise, gedämpfte Rhythmen von Stan Getz. Es war, als säße dort ein anderer Maler.

Nach zwei Stunden an dem kleineren Bild schob er den Schemel weg und setzte sich auf das dunkelblaue Ledersofa. Er wischte sich den Schweiß von der Stirn und lächelte Irene zu. Wie jung wirkte er jetzt, wie ruhig, wie sorgenfrei. Strähnen seines hellblonden Haares fielen ihm auf die Stirn. Er sah so gesund, so kräftig aus, viel jünger als seine 32 Jahre, so, als sei er noch immer der neugierige Student, der alles erkunden, alles probieren, alles erproben wollte. Das war wieder so einer der Momente, die Irene liebte.

Beide waren groß und sportlich, Rolf nur wenige Zentimeter größer und nur ein Jahr älter. Irene wirkte fast orientalisch mit ihrem dunkelbraunen Haar, dem sinnlichen Mund, der zarten, leicht gebräunten Haut. Rolf dagegen wie ein kräftiger Wikinger-Typ mit markantem Kinn und einer tiefen Stimme, die beruhigte, wenn es ihm gelang, sein inneres Feuer zu dämpfen.

Freunde meinten, sie seien ein ideales Paar, das sich perfekt ergänzte. Nur Irene in ihrer ruhigen, sachlichen Art vermochte seine abrupten Eruptionen zu bändigen. Sie liebte seine Spontaneität, seine Künstlernatur, schon damals, als sie beide Jura studierten, war das so. Rolf lebte in einer Traumwelt, die durch plötzliche Entschlüsse aufbrach, unerwartete Aktionen, mit denen niemand rechnen konnte. Manchmal fürchtete Irene, ihn dadurch zu verlieren.

Nach so vielen Jahren.

Rolf tat nur solche Dinge, die er für richtig hielt, er fragte andere nicht, er wusste, dass er durch das unerwartete Erbe dem täglichen Erwerbsdruck entronnen war, dass es ihn auch vieler lästiger Pflichten entband.

Er kannte seinen Onkel kaum. Verschwommene Kindheitserinnerungen: Der große Garten, in dem er spielen durfte, ganz alleine, das Haus an einem Waldrand. An seine Tante konnte er sich nicht erinnern.

Späterhin, als Student, traf er ihn nur selten. Ein großer, eleganter Herr, ja, ein Herr, denn er wirkte immer so distinguiert, graue Schläfen, ein kleiner schwarzer Schnurrbart, sorgfältig gebundene, konservative Krawatten, die er sogar im Haus trug. Rolf achtete ihn, er bemühte sich, besonders höflich und aufmerksam zu sein, aber er vermisste die Herzlichkeit, die Wärme.

Dann, vor drei Jahren, erhielt er einen Anruf, sein Onkel sei verunglückt. Zu der Beerdigung kamen nur wenige Personen. Rolf stand in der letzten Reihe, er kannte niemanden, keinen der ehemaligen Kollegen des Onkels und seiner Freunde aus dem Schützenverein. Einige Tage später wurde Rolf zur Testamentseröffnung gebeten. Er erwartete zahlreiche Teilnehmer, stattdessen war er alleine mit dem Notar. Rolf war Alleinerbe, der Onkel hatte keine Kinder und keine anderen Verwandten. Das überraschte Rolf, er hatte seinen Onkel doch kaum gekannt und der Kontakt blieb lose, auch nach dem frühen Tod seiner Eltern.

Er beschloss, das Haus zu verkaufen und das Geld in kleine, moderne Wohnungen zu investieren, die sich schnell und gut vermieten ließen. Er wurde Partner in der Kanzlei und betreute dort nur wenige und möglichst unkomplizierte Fälle.

Nebenbei aber besuchte er die Kunstschule, nicht nur abends. An vielen Tagen vernachlässigte er die Kanzlei. Die Malerei wurde zunehmend sein Lebensinhalt. Rolf experimentierte mit Farben, mit Stilrichtungen, studierte die Formen des amerikanischen Expressionismus. Irene traute sich nicht zu fragen, ob er auch an der Kunstschule diese ekstatischen Ausbrüche hatte.

Wenige Tage nach dem Besuch von Georg, an einem Sonntag, standen Rolf und Irene ungewöhnlich früh auf, frühstückten zusammen, um dann die klare Frühlingsluft an der Alster in Hamburg zu genießen, die Sonne, die schon Kraft hatte, die frühen Ruderer, die Schwäne, die das stille Wasser zerschnitten, die wenigen Frühaufsteher. Stille, beruhigende Farben, die immer mehr erwachten.

Sie joggten in gemäßigtem Tempo, so konnten sie dabei plaudern. Sie sprachen über einige Fälle in der Kanzlei und Irene berichtete von einem spannenden Roman, den sie gerade las.

Rolf schwieg eine Weile. Ganz leise begann er: „Ich habe ebenfalls ein interessantes Buch gelesen, die Geschichte der Brooke Dynastie, der ´weißen Raja´, wie sie genannt werden, Engländer, die mehr als 100 Jahre über Malaien, Iban und Chinesen in Sarawak in Nord-Borneo, herrschten."

Irene hörte ihm kaum zu. Sie war noch etwas verschlafen und genoss einfach die sanfte erfrischende Brise.

Rolf strich sich seine Haare aus der Stirn und erzählte nun etwas lauter: "Sie waren kleine Könige in einem unruhigen Land. James Brooke, der Gründer der Dynastie, kam 1839 nach Sarawak und segelte mit der 'Royalist' entlang des Sarawak Flusses nach Kuching, um den Raja Muda Hassim zu treffen. Er half ihm, Rebellen und Piraten zu bekämpfen. Nur drei Jahre später ernannte ihn der Sultan von Brunei zum Herrscher über Sarawak."

Rebellen und Piraten, das klang nach einer jugendlichen Abenteuergeschichte, fand Irene.

„Die exotische Atmosphäre hat James Brooke betört und gleichermaßen seine Nachfolger Charles und Vyner, die das Herrschaftsgebiet erweiterten. Sie lebten bescheiden und waren bemüht, gerecht zu sein, was nicht immer ganz einfach war bei so unterschiedlichen Vasallen wie malaiischen Prinzen, Fischern, chinesischen Händlern und Minenarbeitern, Piraten und Iban – Kopfjägern am Rande der Urwälder. Sie verwalteten das Land, versuchten Streit zu schlichten und förderten den Handel."

Offensichtlich war Rolf davon fasziniert, er hatte

eine neue fremde Welt entdeckt.

Dann aber wurde Irene hellwach, sie war so überrascht, dass sie zunächst nichts sagen konnte.

"Ich denke seit Tagen darüber nach. Ich habe Fotos gesehen von riesigen Wäldern und bunten Vögeln, von lachenden Menschen in farbenfrohen Sarongs, neue Farben, eine andere, intensivere Welt, nur in Randzonen westlich geprägt, da, wo sie von modernen Einflüssen gestreift wurde. Ich glaube, dort könnte ich neue Anregungen bekommen, vielleicht sogar einen anderen Malstil entwickeln.

Irene, ich brauche neue Ideen, neue Farben, eine andere Umwelt! Ich möchte der Routine entfliehen, ich bin noch jung, vielleicht finde ich nicht nur neue Farben, sondern auch andere, unerwartete Aufgaben in Sarawak."

Rolf strich sich erneut die Haare aus der Stirn, blieb stehen und sah Irene direkt an.

„Ich werde nach Kuching fliegen, um das Land kennenzulernen und neue Erfahrungen zu sammeln. Ich möchte Bilder malen, die etwas Besonderes vermitteln, Bilder, die meine Zeit überdauern. Unter

Umständen bleibe ich einige Monate, vielleicht kann ich dort malen und arbeiten."

Irene war stehen geblieben, ihre Hände zitterten.

Damit hatte sie nicht gerechnet. Es war ihr, als zerplatzten alle Träume. Sie war nicht Teil seiner Pläne und dabei hatte sie doch gefühlt, dass sie sich gerade in der letzten Zeit immer nähergekommen waren.

Sie war ratlos, sie fühlte sich leer und enttäuscht.

Zunächst vermochte sie gar nichts zu sagen und dann kamen nur einige banale Worte mit zaghafter, weicher Stimme: "Und die Kanzlei? Du kannst unmöglich alles liegen und stehen lassen."

Rolf schwieg, ehe er ergänzte, so, als hätte er sie nicht gehört: "Die Iban respektierten auch James Brooke, den 'weißen Rajah'. ".

Nur das. Er wisse nicht, was ihn erwarte.

"Wenn ich nichts erreichen kann, fliege ich eben zurück."

Einfach so. Irene hatte Mühe ihre Tränen zu unterdrücken.

"Schau, mein Handteller, die gerade Linie bis zum Mittelfinger. Viel Geld werde ich verdienen. Ich glaube, ich habe ein Gespür für den internationalen Handel, für das Fremde, für andere Mentalitäten. Ich weiß noch nicht, ob ich ein guter Jurist sein kann, ja, sein möchte."

Wenige Tage später reiste er, so, als sei es ein kurzer Ausflug. Zwei Koffer, einer davon gefüllt mit Leinwänden und Farben.

Dann kamen sporadische Nachrichten, fremde Namen, Orte, seltsame Bemerkungen. Für Irene war das Leben ohne ihn fade und hohl.

Ihr Entschluss stand fest: In den Ferien würde sie ihn an seinem Fluss besuchen, ohne Ankündigung, sie musste unbedingt wissen, ob es eine Zukunft für sie gab.

2

"Dort, siehst du ihn? Nein, nicht so weit unten, weiter oben, wo sich die Bäume lichten, ganz unbewegt, blaues Gefieder, ein Ast, Blätter, ich kann ihn nicht mehr sehen, vielleicht war der Motor zu laut. Versuch doch bitte das Boot ganz leise ans Ufer zu steuern, ach ja, die Strömung, ich vergaß, schade."

Irene war erregt, ihre Worte kamen hektisch, wie im Stakkato. Sie war begeistert von der Natur des Dschungels. Das Boot glitt dahin. Sie beruhigte sich, langsam ließ sie ihre Gedanken kreisen und genoss den Fahrtwind. Wann hatte sie Rolf zuletzt gesehen? Es waren einfach zu viele lange und einsame Monate.

Sie hatte sein Bild vor Augen, schlank und muskulös, aber auch fahrig und häufig nervös. Nie konnte er ruhig sitzen, kaum einmal wirklich zuhören, ständdig unterbrach er sie, wechselte das Thema, rieb sich die Augen, gähnte und strich sich die Haare glatt. Das war seit eh und je eine Angewohnheit von ihm. Und dennoch – sie konnte sich nicht losreißen, selbst jetzt nicht.

Seltsam, dass er ohne zu zögern davongefahren war. Das erinnerte sie an Paul Gauguin, den großen französischen Maler, der seine Familie im Stich gelassen hatte und in die Südsee emigriert war. Nur dass Rolf eben keine Familie hatte, nur Freunde, wenige Freunde – und natürlich sie, Irene. War das so?

Damals im Frühling an der Alster fiel zum ersten Mal das Wort Sarawak. Sie konnte sich nicht entsinnen, ob er schon früher davon gesprochen hatte. Vielleicht war das ja ein alter Kindertraum oder war es einer seiner plötzlichen Einfälle, von dem Buch über die Brooke-Dynastie inspiriert?

Vom Sungei Baleh Fluss fuhren sie in den Sungei Gaat und dort sah sie die ersten Langhäuser.

Das Boot schaukelte, kleine Stromschnellen ließen es von einem Ufer zum anderen schlenkern. Irene hielt sich rechts und links am verwitterten Bootsrand fest. Gut, dass sie einen Hut trug, die Sonne brannte nicht nur, nein, sie stach, sie biss, immer mehr, immer mehr.

Der Bootsmann war freundlich, er sprach etwas Englisch und kannte offensichtlich den Weg. Irene vermutete, dass er ein Iban war.

Seltsame Vogelstimmen übertönten den Motorenlärm, Warnrufe, Lockrufe. Hinter den Uferbäumen verdeckte dichtes Gestrüpp die Sicht. Begann dort der echte Dschungel?

Unerwartet blieb das Boot in den Ästen eines

umgefallenen Baumes hängen. Für Minuten stand die Luft, stickig und sumpfig. Der Schweiß floss in Bächen von ihrem Rücken. Sie versuchte jede unnötige Bewegung zu vermeiden. Als das Boot weiterfuhr, genoss Irene den erfrischenden Fahrtwind.

Das Boot erreichte einen schmalen Steg. Da kam schon Rolf langsam die steile Stiege des Langhauses hinunter. Er lachte ganz unbekümmert, genauso wie er in ihrer Erinnerung lebte.

"Ich freue mich! Ich wusste, du würdest kommen."

Woher konnte er das wissen? Er sagte es nicht. Es gab hier doch keine Urwaldtrommeln oder geheimen Rauchzeichen.

Alles war plötzlich ganz einfach. So, als sei es ganz selbstverständlich, trafen sie sich hier am Rande des Dschungels, am Eingang eines Langhauses, nach vielen Monaten der Trennung.

Er sah selbstsicher aus, noch ein bisschen schlanker, braun gebrannt, sein blondes Haar war länger, es schien sich nur ein wenig an den Seiten zu lichten. Aber was war das? Sie war überrascht, er hatte sich einen Vollbart wachsen lassen. "Der steht dir gut."

"Die Iban staunen bis heute darüber. Einige glauben, so ein Bart verleihe besondere Kräfte, das gilt hier als ein erstrebenswertes Attribut."

Er trug Bermudas und ein braunes Batikhemd mit roten Blumen, seine nackten Füße steckten in weißen Turnschuhen. Sie hatte erwartet, dass er grau von Staub und von Schmutz sei. Stattdessen war sein Hemd makellos sauber, wies nicht einmal Schweißspuren auf und seine Schuhe sahen wie neu aus. Sie fühlte sich verschwitzt, ungewaschen, ungekämmt, wie ein Eindringling.

„Geh ganz langsam. Es ist heiß, du musst dich erst an die Temperatur gewöhnen, denn erst gegen Abend kommt eine leichte Brise auf."

Vorsichtig setzte sie einen Fuß vor den anderen, behutsam, die Kerben der Stiege waren unregelmäßig.

Er half ihr. Sie spürte seine Hand, männlich, hart und kräftig. Sie zog ihre Schuhe aus, wie es üblich war, und betrat das Langhaus. Er lachte wie ein Junge.

„Hier gibt es keine Formalitäten. Du bist mein Gast und damit Gast des Langhauses. Das ist alles ganz unkompliziert, du bist willkommen."

Sie hatte davon gelesen, von den Langhäusern, von der großen gemeinsamen Veranda, der Ruai, auf der die Familien den Tag verbrachten. Dennoch war sie überrascht über die zahlreichen Bewohner, Kinder und Alte, sie schüttelte viele Hände, hörte immer wieder neue Namen, die einfach an ihr vorbeirauschten, fühlte sich fremd, dunkle Gesichter blickten auf, Gespräche verstummten, um dann umso lebhafter erneut zu beginnen.

Sie sah vor allem Frauen, viele webten farbenfrohe Pua-kumbu-Decken.

"Die Männer kommen erst gegen Abend heim, von der Feldarbeit oder von der Jagd."

Der Tuai Rumah, der gewählte Häuptling, der Headman des Langhauses, trug einen bunten Sarong und hockte auf der geflochtenen Matte, Rolf und Irene saßen ihm gegenüber. Sie hatte die üblichen Geschenke mitgebracht, Süßigkeiten, Zigaretten, eine

Flasche Whiskey und als besondere Überraschung für die Kinder einen großen Kasten mit Lego-Bausteinen und -Figuren.

Der Alte, mit stark ausgeprägten Gesichtszügen, hatte einen warmherzigen Blick. Seine Arme und Beine waren mit Drachenmustern und Tierfiguren tätowiert und sogar sein Nacken, Zeichen für außergewöhnlichen Mut.

"Ich habe geträumt, eine schöne weiße Frau würde uns besuchen, mit braunen Haaren und strahlenden Augen. Träume sind wichtig, sie geleiten uns durch den Dschungel des Lebens. Träume können Reichtum bringen, Botschaften der Geister übermitteln."

Er verstummte und sah sie ruhig an: "Ich wurde nicht enttäuscht."

Er reichte ihr ein Glas Tee und kleine Stücke Reiskuchen. Sie erzählte von dem langen Flug, den Tagen in Kuching, der endlosen Bootsfahrt und dem freundlichen Steuermann.

Selbst hier spürte sie die Hitze. Immer wieder wischte sie sich den Schweiß aus dem Gesicht. Rolf saß stumm neben ihr, er blickte zur Seite, am Tuai Rumah vorbei, in die Ferne, Augen, die viel gesehen, viel erlebt hatten.

"Sprich nicht über die Hitze, ich spüre sie auch."

Seine Worte wirkten schroff, aber so war er schon Früher. Sie wusste es, trotzdem war sie überrascht und irgendwie enttäuscht.

Endlich kam der erlösende Satz: "Ich freue mich, dass du gekommen bist. Ich habe dich so vermisst, deine Wärme, deine Stimme, dein Lachen."

Seine Worte klangen weich. Er stand auf und nahm sie ganz ungeniert in seine Arme, so, als wären sie nicht in einem Langhaus voller fremder Menschen. Sie schloss ihre Augen und zitterte am ganzen Körper.

Er sah sie liebevoll an. „Schau, wie lang meine Haare sind, so lange habe ich auf dich gewartet."

Sie spürte die fremde Welt um sich, fast wie in einem Traum, überall Worte, die sie nicht verstand, Blicke, die sie nicht zu deuten vermochte. Nur Rolf war ihr Halt. Sie hatte ihn wiedergefunden, nur das zählte.

Erst dann bemerkte sie im dämmrigen Licht, neben den Eingängen zu den privaten Räumen der Familien, ein Meer der Farben, Bild an Bild, gemalt wie in einem Rausch, den sie nur zu gut kannte. Sie waren sehr einfach gerahmt, mit schmalen, geleimten Latten, die roh aus Baumzweigen gesägt waren. Sie schaute sich die Bilder an, sehr aufmerksam und versuchte, die eigenartige Stimmung zu erfassen.

Sie hatte ihn nicht bemerkt, der Tuai Rumah stand unvermutet neben ihr, lachte herzlich und klopfte sich auf die Brust.

"Unser Zauberer. Wenn er von den Farben besessen ist, darfst du ihn nicht stören. Tust du es doch, ist der Zauber verflogen. Sieh mal hier, die bunten Vögel im Dschungel, ihr farbenfrohes Gefieder im Gewirr der Zweige und Blätter, und dort die Fische, versteckt im Morast des Flussbodens."

Irene fühlte sich beschämt. Sie hatte nur die seltsamen, dennoch harmonischen Farbenspiele wahrgenommen.

Rolf trat dazu.

"In den ersten Wochen sah ich wenig. Natürlich

war da die exotische, die fremde Atmosphäre, aber mittlerweile erfasse ich alle Details."

"Du hast obendrein deine Signatur geändert?"

"Ja, ich nenne mich jetzt Rodolfo, einfach Rodolfo. Rolf Brahms, das klingt irgendwie zu altbacken, das passt überhaupt nicht zu meinen Bildern, meinst du nicht auch?"

Irene stimmte zu und versuchte sich in das Farbenspiel der neuen Gemälde zu versenken.

"Sarawak hat dich zu einem neuen Stil inspiriert."

"Stell dir vor, ich experimentiere sogar mit Baumrinden. Ich hatte keine Leinwände mehr, da kam mir der Gedanke, glatte, trockene Baumrinden zu benutzen, wie die Ureinwohner Australiens. Schau, das waren meine ersten Versuche mit verschiedenen Brauntönen, der Fluss, die hohen Bäume hinter dem Langhaus, Wellenlinien und Kreise."

Rolf sprach ganz monoton, so als doziere er.

"Dann begann ich mich mehr und mehr mit dem Material zu befreunden. Ich befragte die Alten, den Tuai Rumah, alle anderen, soweit sie Englisch sprachen, selbstverständlich auch die Frauen. Ich wollte ihre Mythen kennen lernen, ihre Träume. Alles was ich hörte, versuchte ich bildlich umzusetzen. Ich glaube, es ist mir gelungen. Komm, Irene, ich zeige dir meine neuesten Baumrinden-Bilder."

Im hinteren Teil der Veranda standen sie auf roh gezimmerten, schmalen Tischen, mehr als ein Dutzend Bilder in seltsamen Farben, kleine abstrakte Darstellungen, die an die Tätowierungen der Iban erinnerten.

Den Tuai Rumah hatten sie nicht gehört, er war ganz leise hinter sie getreten.

"Diese Bilder lieben wir besonders."

Irene wollte seine neue Welt ergründen.

"Komm Rolf, zeig mir den Raum, in dem du Wohnst. Ich habe eine Überraschung für dich."

Endlich waren sie allein. Irene blickte ihn an, intensiv und liebevoll, er schien glücklich zu sein.

"Hast du mich gelegentlich vermisst?"

Rolf nahm sie in den Arm, ganz fest, so wie früher.

Irene fühlte sich verschwitzt, aber glücklich. Es

war richtig, die weite Reise gemacht zu haben. Sie öffnete ihren großen Koffer, halb gefüllt mit Leinwänden und Tuben voller Ölfarben. Rolf war fassungslos, damit hatte er nicht gerechnet.

3

Später versuchte Irene die Erfahrungen und Gedanken Rolfs zu ergründen.

"Das ist ja alles sehr interessant, einige Tage, vielleicht auch zwei oder drei Wochen, aber viele Monate?"

"Sie akzeptieren mich."

"Reicht das denn aus, die langen Abende, die Nächte, die Hitze und die Eintönigkeit zu ertragen?"

"Wir lachen viel."

Sie versuchte ihn zu verstehen.

"Ich habe meinen CD-Spieler und ein Kofferradio."

Nur das.

"Manchmal brauche ich neue Batterien. Dann muss ich geduldig sein."

Nur dann?

"Wir erzählen uns Geschichten, wir tanzen. Das wirst du lernen, es ist ganz einfach, kurze langsame Schritte, geradeaus, danach im Kreis. Ich zeige es dir."

Und etwas später: "Und ich habe natürlich meine Malerei. Sarawak hat mir vieles gegeben, ich durfte neue Farben, neue Klänge erleben. Ich bin glücklich. Sie bewundern meine Bilder und stören mich nicht, wenn ich in eine kreative Phase komme."

Ganz ruhig saß er auf dem harten Bett, schien glücklich zu sein, dass sie in seiner Nähe war und sprach wenig.

"Was aber machst du, wenn du krank wirst?"

"Ja, das könnte ein Problem sein. Aber sieh, ich bin gesund und fühle mich wohl!" Er spannte seine Muskeln, lachte, lachte wie ein Kind.

"Ich fische. Und helfe allen, sogar beim Nageln der Bretter. Ich habe einmal versucht zu sticken, da haben sie gelacht, vor allem die Frauen. Viel Nützliches habe ich nicht getan. Manchmal helfe ich auf den Pfefferfeldern, dort drüben an den Hängen, das ist harte Arbeit."

Er reckte sich, lachte erneut.

"Ich brauche die Arbeit, allerdings nur so viel, um gesund zu bleiben. Ich muss mich bewegen, aktiv sein. Ich kann schließlich nicht bei ihnen essen und wohnen, ohne etwas dafür zu tun. Du kannst nicht dauernd bei den Alten sitzen, Geschichten erzählen, ruhig zuhören, ja auch das, aber du brauchst ebenfalls Hektik, Leben, nicht zu viel Lethargie."

"Du willst ihnen helfen?"

"Erwarten sie das, brauchen sie das? Ich weiß es nicht. Gehöre ich zu ihnen? Bin ich noch immer Gast? Ich glaube ja. Ich werde ungeduldig, wenn etwas nicht klappt, leicht erregt, doch das werden sie genauso. Manchmal reizt mich das Klima."

Klang daraus ein Hauch von Resignation?

Der Ventilator surrte, leise Stimmen im Neben- zimmer, ein Ruf, eine Stimme, die andere einholte, dann erneut Stille. Jede Bewegung trieb den Schweiß aus den Poren, selbst hier in dem kleinen dunklen Raum.

Sie traten auf die Veranda, blickten über das Geländer, zu den Hühnern vor dem Langhaus, zum Fluss.

Am späten Nachmittag verriet er: "Ich plane ein großes Projekt, eine professionelle Pfefferfarm. Das ist harte Arbeit, aber ich habe einen Abnehmer in Kapit, der Kreisstadt am Batang Rajang, dem großen Fluss. Ein gewiefter Partner, Mr. Chua, Chinese", setzte er hinzu. "Wir sollten nach Kapit fahren, mit ihm sprechen, was hältst du von übermorgen, ganz in der Frühe?"

Wieder diese plötzlichen Ideen, Pläne, diese Spontaneität, so wie früher in Hamburg.

Am Abend erlebten sie eine improvisierte Feier, nicht nur zu ihrer Begrüßung. Alle Bewohner kamen zusammen, Berge von Reis, von Gemüse, Schüsseln mit Fleisch und Fisch standen in langen Reihen. Die Männer begannen mit dem Essen, kurz danach die Frauen. Es wurde viel gegessen, mit den Fingern, geschickt und schnell.

Später reichte der Tuai Rumah Getränke, vor allem

Tuak, diesen weißlichen Wein aus fermentiertem Reis. Fast alle Frauen und Männer tranken, die Stimmung stieg. Die Iban forderten Rolf beständig zum Trinken heraus. Irene versuchte sich etwas zurückzuhalten, so gut es ging, sie war noch müde von der Reise. Aber sie musste zumindest das saure Getränk probieren.

Die Männer baten sie zu singen, so sang sie einen deutschen Schlager, jemand spielte auf einer Gitarre, rhythmische, romantische Töne, einige lachten, dann lachten alle, es wurde zunehmend lauter. Mit halbvollem Mund erzählte einer der Alten eine kurze Geschichte, die in weiteren Lachsalven endete.

Einige Frauen tanzten. Am Ende der Ruai spielten Frauen und zwei Männer mit Fingern und Handballen auf fünf Gongs und zwei zylindrischen Trommeln. Das erinnerte Irene an indonesische Musik, die sie vor langer Zeit im Völkerkundemuseum in Hamburg gehört hatte.

Es wurde spät. Rolf und Irene entfernten sich langsam von der Gruppe, alle Paare gingen grußlos in ihr Bilek, ihren privaten Raum.

Eine unruhige Nacht, Irene schlief spät ein, erschöpft.

Das Leben im Langhaus erwachte früh. Die Berge an der Grenze zu Kalimantan lagen im morgendlichen Dunst. Irene, übermüdet, genoss die Aussicht von der Veranda, ging anschließend langsam die Stiege hinunter zum Flußufer, dorthin, wo schon die Frauen badeten. Das lehmige Wasser war erfrischender, als sie gedacht hatte. Die schlanken Iban-Frauen winkten ihr zu. Sie waren feingliedrig, mit schönen, ausdrucksvollen Gesichtern. Sie unterhielten sich pausenlos, gestenreich, lachten, zeigten auf sie. Schade, dass sie die Worte nicht verstand. Keine der Frauen schien Englisch zu sprechen.

Die Männer badeten an einer anderen Stelle des Ufers. Sie sah nur kleine Kinder, die größeren waren bereits in der Dämmerstunde per Boot zur weiß gestrichenen Schule am Flussufer gefahren.

Niemand schien sich zu beeilen. Ein älterer Mann rief: "Makai, makai!" Gruppen von Männern saßen auf dem Holzboden, aßen einen Brei aus Palmsago mit Gemüse und Fisch. Auch Rolf frühstückte. Er unterhielt sich lebhaft mit einem jungen Iban. Fast alle Männer trugen Shorts und T-Shirts mit Werbeaufdrucken von Holzfirmen, die Frauen farbenfrohe Sarongs.

Irene frühstückte mit den anderen Frauen, die freundlich und hilfsbereit waren. Es schmeckte ihr gut, sie lobte das Essen, glaubte verstanden zu werden, alle lachten. Es roch nach Holzfeuer, nach Parfüm, der Frische des Morgens. Ihre Müdigkeit war vergessen.

Später traf sie Rolf. Er nahm sie temperamentvoll in die Arme. Er sah frisch und entspannt aus. Das Klima schien ihn nicht zu stören. Irene nahm ihn an die Hand, gemeinsam gingen sie durch das Langhaus.

Vor einigen der privaten Wohnungen standen große Keramikkrüge. Irene wunderte sich darüber, sie schienen keinen praktischen Nutzen zu haben. Rolf wusste auch hierüber Bescheid.

"Die Anzahl der Krüge und die Größe zeigen das Ansehen, den Reichtum der Familien. Das ist eine alte Tradition. Du musst dir das so vorstellen wie bei uns das Auto. Snobismus ist eben international. Einige Familien besitzen große verzierte Gongs, die wohl ursprünglich aus China kamen. Die Töpfe haben mich zu einem Bild inspiriert."

Irene war neugierig, wollte alles wissen, ebenmso über die einst so verbreitete Kopfjagd. Phallische Symbole waren die Kopftrophäen. Man glaubte, sie unterstützten die Fruchtbarkeit der Frauen und verhalfen zu guten Reisernten.

"Das war vor vielen Jahren. Heute sind die Köpfe nur ein Symbol der Vergangenheit. Aber die Iban sind noch tief mit der alten mystischen Welt verbunden."

Rolf erzählte gern. Und immer wieder strich er sich die Haare aus dem Gesicht, genau wie früher, als sie in Hamburg lebten.

Sie saßen auf der Veranda, genossen die Kühle. Die Hunde schienen zu dösen.

"Ich verstehe, dass du diese Ruhe, diese besondere Atmosphäre schätzt."

Und kurz darauf: Wohin sind die Männer gegangen?"

Im Langhaus waren nur die Frauen beim Weben, beim Reiszerstoßen, alte Männer, die Betel kauten, sich leise unterhielten, und einige kleine Kinder.

"Nun, sie müssen arbeiten. Die Arbeit auf den Pfefferfeldern ist mühevoll, besonders bei der Hitze. Die Iban sind zwar klein, dafür kräftig, zäh und ausdauernd. Einige fischen mit Fanggestellen aus Bambus. Das ist eine angenehmere Arbeit."

Rolf hatte sich offensichtlich gut angepasst, fast wie ein Familienmitglied. So empfand es Irene.

„Am frühen Morgen ist es am schönsten, wenn überall Vögel singen."

Irene gewöhnte sich allmählich an die feuchte Schwüle. Und dann war da natürlich auch die Nähe zu Rolf. Die Stunden vergingen schnell.

Eigentlich seien die Iban Nomaden, wusste Rolf zu erzählen: „Wenn der Boden unfruchtbar wurde, zogen sie in andere Täler und rodeten Bäume für Reisfelder. Vor Jahrhunderten sind sie von Sumatra aus durch ganz Borneo gewandert."

Der Abend kam schneller als erwartet. Die Männer

und die Kinder kehrten zurück. Es wurde laut, gestenreiche Gespräche begannen. Es roch nach Essen, nach Holzfeuer. Zikaden erwachten, Kröten stöhnten, Hunde bellten. Einige Männer schienen über die gerechte Verteilung des Fischfangs zu streiten, der Tuai Rumah kam hinzu, seine ruhige Persönlichkeit wirkte schlichtend.

4

In der Morgendämmerung kletterten sie in die Prahu, das lange, schlanke Boot mit Außenbordmotor. Irene freute sich über die frische Brise. Der Steuermann war Limbang, mit dem sich Rolf am Vortag unterhalten hatte. Er war jung, drahtig und vital, er sprach fließend Englisch mit nur leichtem Akzent.

"Er ist mein bester Freund, wir haben große Pläne."

„Welche?", wollte Irene wissen.

Rolf verriet jetzt nur soviel: "Er ist intelligent, kann im Urwald überleben. Er hat das Leben im Dschungel gemeistert. Und er kennt die Stadt, die

Häfen."

Erst allmählich erfuhr Irene Weiteres. Limbang war viel gereist, wie zsahlreiche der jungen Iban, Bejalai nannten sie das. Er habe als Holzfäller bei einer großen malayischen Firma gearbeitet, dann in einem Industriebetrieb an der Küste, das hätte ihn geprägt. Besonders die Frauen schätzten ihn, er war so dynamisch und ideenreich. Spät habe er geheiratet. Wie allgemein üblich, sei er in das Langhaus seiner Frau gezogen, ganz in der Nähe seines eigenen Hauses.

Auch er war tätowiert, nicht überall, wie viele der Alten, aber an den Beinen und den Schultern.

„Die Frauen lieben das", bemerkte Rolf.

Irene freute sich über die lange Fahrt. Am Ufer schwärmten bunte Schmetterlinge. Seltsame Geräusche kamen aus der Tiefe des Dschungels. Würgefeigen umschlangen viele Bäume.

"Dort wohnen böse Geister", kommentierte Limbang.

Er sang ein Lied, leise, das Boot schien sanft im Takt des Gesanges zu schwanken. In der Mitte war der Fluss fast transparent, die Tiefe jedoch machte den Morast des Grundes unsichtbar. Sie passierten viele Langhäuser, schwache Lichter von Petroleumlampen waren zu sehen, noch war es nicht ganz hell.

Limbang trug ein rotes Hemd, lange Hosen, so wie Rolf. Im Langhaus war er lässiger gekleidet.

Ganz unerwartet flog ein Schwarm weißer Silberreiher über den Fluss, ihr Gefieder schimmerte in der Morgensonne. Schnell verschwanden sie hinter wilden Sagobäumen und Arecapalmen am Ufer.

Ab und zu blockierte Treibholz die Fahrroute, geschickt wurde es von Limbang umsteuert. Inzwischen hatte die Sonne an Kraft gewonnen. Irene musste wieder ihren breiten Hut aufsetzen, um sich in dem offenen Boot zu schützen. Sie trug eine langärmelige Bluse, eine lange weiße Hose und feste Schuhe.

Sie bogen in den Batang Rajang ein. Der breite Fluss war stark befahren von Lastbooten und überladenen Fähren. Kapit, die wichtige Provinzstadt, war nicht mehr weit. Dort also wollten sie Mr. Chua treffen, den Rolf 'mein Partner' nannte. Auch Limbang schien Mr. Chua gut zu kennen.

Irene war überrascht, so groß hatte sie sich Kapit nicht vorgestellt. Die Gemächlichkeit des Langhauses wich einer anderen Welt: Holzmühlen, Palmölindustrie, viele Häuser mit rostigen Blechdächern, Chinesen, aber auch Iban und Kayan.

"Charles Brooke hat Kapit als ein regionales Zentrum gegründet", erklärte Rolf.

Hier fielen die konservativen Iban besonders auf, vor allem diejenigen, die gerade aus den Langhäusern angekommen waren oder einfach nur die Stadt besuchten. Sie trugen ungewöhnliche Hüte und lässige Kleidung. Nun verstand Irene, warum sich Rolf und Limbang so gut gekleidet hatten.

Sie schlenderten durch das Stadtzentrum, am Obstmarkt vorbei, Irene wollte Mangostine kaufen, Longan und Mwang, die den Mangos ähneln, und viele anderen Früchte.

"Später, vor unserer Rückfahrt, der Markt ist auch noch am Abend geöffnet", empfahl Rolf.

Limbang hatte einen eigentümlichen Gang, er

bewegte sich etwas geduckt, fast lautlos.

„Wie eine Cheetah", flüsterte Irene Rolf zu.

Rolf grinste und schwieg.

Sie aßen chinesisch an einer der offenen Buden, 'Hawker'- Stände nannte sie Rolf. Das Essen war scharf gewürzt, schärfer als Irene es gewohnt war. An der Straße reihten sich kleine, gut besuchte Cafés aneinander.

Mr. Chua hatte sein Büro im ersten Stock eines modernen Betongebäudes in der Jalan-Temenggong-Koh. Er war untersetzt, glatzköpfig und trug eine auffällige Brille mit breitem, braunem Rand. Vielleicht ist er so etwa Mitte fünfzig, dachte Irene.

Er ging auf sie zu, freundlich, sprach sehr gutes Englisch, allerdings mit so leiser Stimme, dass sich Irene auf seine Worte konzentrieren musste.

"Sei willkommen, mein Sohn, und das ist wohl deine Frau aus Deutschland?"

Rolf widersprach nicht. Dann begrüßte er Limbang, ebenso freundlich, nur ein wenig förmlicher.

"Sind sie euch aufgefallen, die vielen neuen Pfefferplantagen an den Hängen des Rejang Flusses? Die Konkurrenz wird immer stärker."

Die einleitenden Bemerkungen stellten schon Weichen für das weitere Gespräch. Alles betraf den Pfeffer. Erst dann erfuhr Irene Einzelheiten über das Projekt, das Rolf mit Limbang plante. Eine große Plantage, Pfeffer fast industriell angebaut mit Mr. Chua als Partner, der den Vertrieb organisieren und sich auch finanziell beteiligen sollte.

Irene spürte, dass Mr. Chua reserviert blieb, höflich, aber auffällig vage und unverbindlich. Rolf hatte sich wohl einen sofortigen Vertrag erhofft oder zumindest eine schriftliche Absichtserklärung.

Sicherlich, durch entsprechende Kredite ließen sich neue Märkte erschließen, das bedeutete allerdings neue Risiken …

Limbang schaltete sich ein, sie sollten vermeiden, von zu vielen Zahlungsversprechen abhängig zu werden.

Mr. Chua wurde deutlicher: "Und, mein Sohn, die Pfefferpreise sind inzwischen gefallen. Sie werden weiter fallen, immer mehr Mitbewerber, und der

Weltmarkt ist turbulent und spekulativ. So, wie wir vor zwei Monaten kalkuliert haben, können wir heute nicht mehr rechnen."

Nach einer kleinen Pause fügte er noch leiser hinzu: "Im Tempel habe ich Räucherstäbchen, 'joss sticks', angezündet. Ich weiß nicht, ob mir das Glück gewogen bleibt."

Rolf presste die Lippen zusammen, versuchte sich zu beherrschen, er hatte die Andeutungen gut vertanden. Irene spürte, wie enttäuscht er war.

Abrupt wechselte Mr. Chua das Thema: "Rodolfo, was macht deine Malerei? Ich habe eines deiner Baumrinden-Bilder dem Bürgermeister gezeigt, er war sehr beeindruckt."

Er nannte ihn Rodolfo. Wie für so viele Asiaten war es auch für Mr. Chua mühevoll, Namen auszusprehen, die nicht auf einen Vokal endeten.

Nach zwei Stunden erlahmte das Gespräch, alles war gesagt, angedeutet. Es war offensichtlich, dass Mr. Chua an dem Projekt nicht mehr interessiert war. Er lud sie zum Essen ein, aber es war schon spät, sie verabschiedeten sich, höflich lächelnd, natürlich blieben sie gute Freunde. Irene kaufte Obst, sie gingen zum Hafen zurück.

Als sie wieder im Boot saßen, sagte Limbang: "Besser jetzt eine Enttäuschung als später. Selbst Mr. Chua kann nicht mit geschlossenen Augen den Rubikon überschreiten. Er ist vorsichtig wie jeder Chinese. Vielleicht können wir über ein anderes Projekt nachdenken."

Im Dämmerlicht war die Luft schwer gleich einer drückenden Last. Wie ein schlechtes Omen roch es nach Regen. Rolf schwieg. Das Boot schaukelte. Irene hielt sich fest, Limbang steuerte vorsichtig. Es wurde schnell dunkel, überall schwammen Äste, viele Boote begegneten ihnen, überholten sie.

Sie erreichten endlich den Sungei Baleh. Es war sehr dunkel, doch dann brach der Mond aus den finsteren Wolkenbergen, sie konnten sich besser orientieren. Erst am Sungei Gaat atmete Limbang auf, hier kannte er jede Sandbank. Sehr spät kamen sie in ihrem Langhaus an.

5

Am nächsten Morgen war Rolf ganz sanft, sprach leise, schaute Irene liebevoll an: "Vor zwei Tagen wolltest du wissen, was mich hier so lange gehalten hat. Ich habe immer wieder darüber nachgedacht. Limbang ist ein guter Freund, ich vertraue ihm voll. Aber es sind nicht nur die Menschen, ihre Toleranz, ihre Gastfreundschaft, es ist ebenso die Landschaft und die ganze Atmosphäre."

Sie gingen auf die Veranda, überall war lebhaftes Stimmengeschwirr. Sie standen an der Balustrade, am Fluss lagen Boote, Frauen holten Wasser in Eimern und Kalebassen, Kinder fütterten Hühner.

Rolf wusste, er hatte eine Illusion verloren, er musste seine unerfüllten Träume aufgeben. Er dachte an die harten, arbeitsamen Tage an der Waldlichtung, an den Ekel vor den Blutegeln, überall an den Schuhen, der Hose, den Beinen.

"Ich kann nicht nur in den Tag hinein leben, stets die gleiche Routine. Ich brauche eine Aufgabe, eine Herausforderung, neue Ideale. Hier kann ich nicht nur malen, ich brauche andere, neue Anregungen."

Da war der Dschungel, der Lockruf seltener Vögel, das Spiel der Schmetterlinge und Libellen, die langen, kühlen Nächte, das Sternenmeer, der einsame Ruf eines Tieres, seltsame Stimmen und dann schlagartig diese Stille. Erst am Morgen nach dem Erwachen ging das Schnattern aufs Neue los, das Lachen und Weinen der Kinder, darüber hinaus die geselligen Abende, die Gespräche, die Geschichten, immer wieder neu erzählt, die langsamen Tänze, die lebendige Tradition.

Er wusste, alles das wird ihm fehlen. Natürlich, manchmal stand die Hitze, es fiel schwer zu atmen. In den Momenten wollte er all dem entfliehen und trotzdem …

"Ich werde die weißen Vögel in der Frühe vermissen."

Gegen Mittag hatte er sich entschlossen und fand zurück zu seiner Spontaneität. Ganz unerwartet nahm er Irene fest in seine Arme.

"Ich brauche dich, Irene. Der Traum war schön,

doch es war eben nur ein Traum. Wir starten ein zweites Mal ganz von vorn, wir, ich meine du und ich.

Bitte nimm dir noch einige Wochen Zeit und komm mit mir nach Bali. Ja, du hast richtig gehört, nach Bali. Das lässt sich ohne Weiteres mit der Kanzlei arrangieren. Ich habe einiges über Bali gelesen, vor allem über die Maler in den Bergen in und um Ubud, da soll es richtige Künstlerkolonien geben, auch viel Kitsch, aber einige sehr gute Künstler. Bali hat eine alte Künstlertradition. Vielleicht finde ich dort Inspirationen für meine Arbeit."

Rolf hatte seine alte Unbekümmertheit wieder gefunden. „Bitte komm mit mir, ich brauche deine Nähe."

Irene war überrascht. Ihr gefiel der Vorschlag. Sie war glücklich, dass Rolf sie in seine Gedankenwelt integrierte.

„Ich werde die Kanzlei anrufen, einige Wochen unbezahlter Urlaub müsste möglich sein. Und über einen Gruß von dir freuen sich die Kolleginnen bestimmt.

Rolf eilte mit seinen Gedanken voraus: "Zunächst einmal arrangiere ich ein großes Fest, um allen zu danken, dem Tuai Rumah, Limbang, den anderen Freunden. In wenigen Tagen fahren wir nach Kuching, bleiben dort einige Tage in einem schönen Hotel, bevor wir weiterfliegen. Natürlich möchte ich wiederkommen, gelegentlich, in den Ferien. Dieses Langhaus bleibt für mich ein liebgewordenes Zuhause, voller Erinnerungen an schöne und ungewöhnliche Tage und Wochen. Aber ich weiß, Irene, uns erwartet viel Neues, ein frischer, ein aufregender Lebensabschnitt."

Er vibrierte vor Spannung, er war voller Pläne und Hoffnungen.

Rolf eilte in seinen kleinen Raum, nahm eine der Leinwände, die Irene mitgebracht hatte, spannte sie auf einen Keilrahmen und griff nach Pinsel und Farben. Er öffnete die Tür zur Veranda, die Zugluft kühlte. Ohne ein Wort zog er sein Hemd aus.

Obwohl sie das eigentlich gewohnt sein müsste, erschrak sie dennoch. Er stöhnte, er schrie, klatschte die ersten Striche förmlich auf die Leinwand, so als müsste er sich von dem ganzen Frust über den misslungenen Plan befreien.

Zwei Stunden der Ekstase. Rolf lief immer wieder auf die Veranda und zurück zur Staffelei. Irene brachte ihm ein Glas Wasser, er ignorierte sie. Schweiß lief auf seinen Beinen hinunter, total erschöpft saß er auf einem Klappstuhl, den Kopf auf die Ellenbogen gestützt.

"Komm, Irene, wir laufen zu der Badestelle am Fluss."

Irene folgte ihm langsam, blieb am Ufer stehen, er tauchte mehrere Male in das Wasser.

"Nimm dir Zeit für Ubud, bitte."

Später, in seinem Zimmer, begann er mit dem Packen ihrer Koffer.

"Ich schenke dem Tuai Rumah, dem Ältesten und meinem Freund Limbang einige der Baumrinden-Gemälde, die sie so lieben. Wir haben ohnehin Probleme, alles zu verstauen. Ich werde einige meiner Bilder in Kuching verpacken lassen. Von dort kann ich sie direkt nach Hamburg versenden. Wir brauchen auch einige Tage in Kuching für unsere Visaformalitäten."

Am Abend war das Abschiedsfest, Tanzen, Lachen, dröhnende Musik übertönten das Summen des Dschungels. Feierlich überreichte Rolf die Bilder, die er nicht nach Deutschland schicken wollte.

"Vergesst uns nicht. Hier seid ihr stets willkommen!" Der Tuai Rumah wischte sich Tränen aus den Augen.

Sie ließen den Tag ruhig ausklingen, während Limbang das Boot besorgte. Er wollte sie nach Kuching begleiten.

Sie starteten sehr früh am Morgen. Ganz schnell verschwand das Langhaus im Dunst, nur die Erinnerungen blieben.

Das Wasser war dunkel, fast gespenstisch schwarz, ein schwacher Nebelschleier schwebte über der stillen Fläche. Noch waren die Vögel nicht erwacht. In den Bäumen raschelte es, Äste bewegten sich.

"Dort, schau Rolf, ein langschwänziger Affe, dort am Ufer."

Schon zu dieser Stunde war es drückend und schwül, wenigstens der Fahrtwind brachte Kühlung. Sie begegneten den ersten Booten, dann erklomm die Sonne rasch den Himmel. Irene setzte ihren Hut auf. Immer mehr Boote erschienen, es wurde laut und umtriebig. Limbang war schweigsam. Rolf sagte ebenfalls kaum ein Wort.

In Kuching war Limbang in Eile. Es war spät geworden. Er drängte, sofort zurückzufahren, es würde Nacht werden, bis er endlich im Langhaus ankäme. Limbang konnte sich nicht beherrschen und umarmte Rolf mit aller Herzlichkeit.

„Es war schön mit dir, wir hatten so große Pläne und Erwartungen. Aber du kommst doch wieder, bitte, sehr bald." Und zu Irene gewandt: „Bring ihn demnächst nach Sarawak! Ich werde ihn vermissen, sein Temperament, seine Bilder. Jedes Mal, wenn er tanzte, hatten wir so viel Spaß miteinander, manchmal stolperte er dabei und anschließend sangen wir zusammen. Es war eine schöne Zeit."

Er sah auf seine Uhr. „Ich muss jetzt fahren."

Er drehte sich um, fast abrupt, Rolf sollte seine

Tränen nicht sehen. Rolf tat es genauso weh, den Freund zu verlassen.

Palmen und Schirmakazien spendeten Schatten auf dem Weg zur Hotel-Lobby. Hier hatte es geregnet, Blätter und Zweige machten den Weg glitschig. Der Garten war üppig grün, sauber und gepflegt. Zur Erfrischung tranken Rolf und Irene in kleinen Schlucken einen frisch gepressten Wassermelonensaft.

Später in ihrem Zimmer lagen auf den Kopfkissen rosafarbene Orchideenblüten. Sie duschten ausgiebig.

Dann schlenderten sie Arm in Arm durch den Garten, ließen sich betören von intensiven Blütenfarben und den tropischen Düften.

"Vielleicht finden wir in Hamburg oder in Hannover eine Galerie, die meine neuen Bilder ausstellt. Doch jetzt freue ich mich erst einmal auf Ubud, auf die Gespräche mit anderen Malern. Ich weiß, dass man für die Horden von Touristen Pseudokunst in Massen fertigt, trotzdem gibt es bestimmt auch noch heute begabte, sehr kreative Künstler."

Am Abend standen sie auf einem Felsvorsprung, der Mond stieg voll und rund aus dem Meer. Kurz darauf verdeckten dunkle schwarze Wolken die Sicht, Wetterleuchten, fast gespenstisch, der Wind frischte auf, aber es regnete nicht.

Auf der Terrasse spielte eine Combo leise Melodien, eine philippinische Sängerin sang ein Liebeslied. Es lag so etwas wie Sinnlichkeit in der Luft. Irene und Rolf schmiegten sich aneinander. Allmählich legte sich der Wind. Das Langhaus am Rande des Dschungels verschwand im Dunst der Erinnerung.

6

Die Luft stand schwer und silbern, die Zeit ruhte im weißen Dunst. Der kleine, kräftige Balinese hockte im Schatten eines großen Banyanbaumes. Wie rote, blaue, grüne Farbtupfer lehnten seine Bilder an der schlichten Bambuswand. Rolf und Irene hofften, ursprüngliche, nicht so stark kommerzialisierte Malerei in den abgelegenen Dörfern zu finden.

"Hallo, meine Freunde." Es klang leise, unaufdringlich, ein Nicken.

"Setzt euch doch, ja dort auf die Hocker. Der Tag ist noch so jung."

Er reichte ihnen die Hand, sein Englisch war verständlich, wenn auch durch einen starken Akzent gefärbt.

"Die erotischen Darstellungen werden gerne gekauft." Er zeigte ihnen brave Bilder voll gezügelter Leidenschaft.

"Oder hier, die Häuser am Meer, die gleißende Sonne des Mittags, die drückenden, schwarzen Wolken des Nachmittags, Licht und Dunkel im Wechselspiel."

"Ist das Ihr Heimatdorf oder wohnen Sie in den Bergen?"

„Ich komme aus einem Dorf ganz in der Nähe. In der Frühe, wenn die Nacht in den Tag gleitet, wecken mich die Hähne. Ich habe sie gemalt, wie sie den Tag begrüßen. Wollt ihr die Bilder sehen?"

Irene wollte etwas Freundliches sagen: "Mir gefällt die blaue Abendstimmung. Es ist, als ahne man das Mondlicht über dem Meer."

Sie lächelte ihn an, als wollte sie ihm applaudieren.

"Seht, die Mondsichel ist eins im Sein des Meeresglanzes, so ist es, so muss ich es darstellen." Es klang wie ein Hauch asiatischer Mystik.

Einige der Bilder waren einfach nur kitschig, andere waren Kopien bekannter balinesischer Maler. Rolf sah nur vereinzelt einen individuellen Ausdruck, einzelne Bilder, die durch intensiv rote und blaue Töne einen eigenen Reiz ausstrahlten. Gutes Handwerk, ja, aber keine große Kunst.

"Ich experimentiere mit Farben, mit Formen, mit Perspektiven. Habt ihr gemerkt, dass viele Gemälde von anderen Malern hier keine Perspektive haben? Alles habe ich mir selbst beigebracht, ich habe keine Kunstschule besucht. Leider. Auch meine Freunde sind Autodidakten. Man nennt uns Abenteurer, weil wir uns permanent an neuen Stilen und Techniken versuchen."

"Haben Sie diese vielen Bilder alle selbst gemalt?"

"Ja, abends packt mich die Leidenschaft. Manchmal male ich die halbe Nacht, dann schimpft meine Frau."

Er lachte. Und etwas später: "Ich sitze hier jeden Tag. Kommt wieder, ihr seid jederzeit willkommen."

Rolf war enttäuscht, sein erster Eindruck von Ubud ernüchternd, Galerie an Galerie, Bilder die sich ähnelten, ohne eigene Seele und fortlaufend Kopien.

Ihn störte der Autolärm der Hauptstraßen, die aufdringlichen Souvenirhändler. Rolf und Irene hatten Künstlergruppen besucht, in denen jeder Maler auf ein Objekt spezialisiert war. Einer malt nur Blumen, der zweite Bäume, Zweige, den Himmel, ein dritter Menschen und Dämonen, die die Leinwand in dichten Szenen ausfüllten, Figuren, die an das Schattentheater erinnerten, Motive die sich in kleinen Varianten wiederholten, Leinwände ohne leere Räume, vollgepackt mit Szenen.

In den liebevoll gestalteten Museen atmeten sie auf. Irene war entzückt von dem verträumten Garten und dem Lotosteich des Puri Lukisan. Rolf plauderte lange mit Suteja Neka, den er zufällig im Neka Museum traf und der vieles über balinesische Maler zu erzählen wusste. Dort hörte er zum ersten Mal von I Gusti Nyoman Lempad, dem großen balinesischen Künstler, der erst 1978 mit 116 Jahren starb.

Am Nachmittag besuchten Irene und Rolf sein schlichtes Wohnhaus und trafen dort einen alten freundlichen Herrn, der bereitwillig ihre Fragen beantwortete.

"Ja, Lempad war genial, er schuf einen eigenwilligen Bali-Stil, den später so viele andere Maler kopierten. Perfektion suchte er nicht. Wisset, diese bleibt Aufgabe der Götter, töricht wäre es, ihnen nachzueifern."

Mit gesenktem Kopf, so als müsse er sich dafür entschuldigen: "Ich bin sein Sohn." Und dann: "Mein Vater war ein einfacher, bescheidener Mann. Er ließ die Menschen und Handlungen der alten indischen Epen, des Ramayana, der Mahabharata, in lebendigen Bildern wieder aufleben. Schaut, wie wirklichkeitsnah seine Bilder sind, und dabei hat er immer nur Tusche, Feder und Papier benutzt, keine Farben.

Bis zuletzt war er voller Schöpferkraft. Mit 116 Jahren! Die besondere Atmosphäre von Ubud inspirierte ihn, diese intensive warme Luft, der betörende Blütenduft und die Klänge der Gamelanmusik. Damals gab es hier nur wenige Touristen."

Sein Haus war schlicht, dekoriert mit schwarz-weißen Bildern, Fotos, Urkunden, Masken aus Stein, alles von Lempad geschaffen.

"Einige der Originale sind im Neka-Museum, aber die meisten seiner Bilder besitzen seine Enkel – er hat so viele Enkel."

Am Abend aßen Irene und Rolf im Gartenrestaurant von Han Snel, dem holländischen Künstler, der in seinen späten abstrakten Bildern sanfte Farben bevorzugte, braune, gelbe, auch blaue Töne. "Roundism" nannte er seinen Stil, ließ sich von Farben und Dimensionen inspirieren und von der Tagesstimmung treiben.

Rolf war beeindruckt, Bilder jenseits des üblichen Bali-Klischees.

Sein Atelier war jetzt Galerie, gleich neben dem

Restaurant und der Bar. Rolf und Irene saßen auf den harten Holzstühlen und hatten sich eine leckere "Mini-Rijstaffel" bestellt, ein holländisch-indonesisches Reisgericht mit vielen kleinen Gerichten.

Irgendwo im grünen Unterholz raschelte es, Frösche quakten, eine friedliche Atmosphäre, die erst am Tagesende von dem Gekläff der Hunde gestört wurde. Aber der Abend war kühl und erfrischend, es roch nach Blumen und würzigen Gerichten.

Am Nachbartisch saß ein hagerer Inder, schwarzhaarig, melancholischer Gesichtsausdruck, weißes T-Shirt und Jeans. Er blätterte in Prospekten und aß zwischendurch immer wieder von seinem Gemüsereis. Seine Hände zitterten leicht, er schien nervös, unruhig. Er spürte wohl, dass Rolf zu ihm hinübersah. Er lächelte verlegen, dann sprach er ihn an: "Wohnen sie ebenfalls in den Siti Bungalows?"

Rolf verneinte, nein, sie wohnten in einem kleinen Hotel in der Nähe.

"Die Zimmer in den Bungalows sind sehr sauber, nicht teuer, nachts ist es ganz ruhig. Ich bin seit fast drei Wochen in Ubud."

Unaufgefordert setzte er sich zu ihnen an den Tisch.

"Mein Name ist Suresh. Ich male", er lachte, "das ist hier wohl nichts Ungewöhnliches. Ich bin aus Südindien und lebe jetzt in Mumbai - in Bombay, wie es früher hieß."

Seine Stimme war weich, er sprach leise, kaum wahrnehmbar. Und bald entwickelte sich ein lebhaftes Gespräch über Malstile und die verschiedenen Schulen von Ubud. Rolf und Suresh fanden viele Gemeinsamkeiten, ähnliche Gedanken. Suresh war beeindruckt von dem Malerdorf 'Penestanan' und dem 'Zentrum Junger Künstler', einst von Arie Smit gegründet.

"Dort habe ich viele farbenfrohe, auch naive Bilder gesehen, frische Ideen, ganz unakademisch, aber manches durchaus anregend."

Sie verabredeten sich für den übernächsten Tag, wieder in diesem Restaurant. Dann würde Suresh ihnen einige seiner Gemälde zeigen.

Rolf und Irene planten am nächsten Morgen einen Besuch bei Antonio Blanco. Rolf hatte schon früher einige Drucke seiner Bilder gesehen.

7

In Ubud waren die Farben leuchtender, wie kunstvoll geschliffene Smaragde, jedes Lächeln fand sein Gegenspiel. Blumen, Pflanzen in bezaubernder Vielfalt und ein heiliger Banyanbaum bewohnten den Garten von Tjampurila, dem verträumten Heim von Antonio Blanco, hoch über dem magischen Campuan-Fluss.

In einem mystischen Moment, als der volle Mond, groß und gütig, den Hügel erleuchtete, schenkte einst der kunstsinnige Raja von Ubud dem Maler dieses verzauberte Stück Erde. Der Künstler dankte mit einem farbenfrohen, sinnlichen Kosmos von Gemälden mit verspielten Rahmen. Später war auch der ehemalige indonesische Präsident Sukarno ein häufiger Gast.

Rolf und Antonio begegneten sich mit Respekt. Rolf bewunderte nicht nur seine Bilder, er schätzte ebenso seine exzentrische, eigenwillige Persönlichkeit, gemischt mit kindlicher Heiterkeit.

"Die Rahmen machen mir Freude, die Bilder gleiten fließend in den Rahmen, Bild und Rahmen verschmelzen zu einer Einheit. Das hat mich die japanische Kunst gelehrt."

Der Schalk saß ihm im Nacken. In der Mitte eines Rahmens zeigte ein sorgfältig geschnitzter Finger auf einen roten Ballon.

"Zeigen Sie mit ihrem Finger von der anderen Seite auf den Ballon."

Er platzte. Und Antonio lachte: "Manchmal liebe ich dieses Geräusch."

Und bei einem anderen Bild: "Die Frösche auf dem Rahmen der Collage brauchen ihre Intimität", also bedeckte er sie mit einer Hibiskusblüte.

Schlank, fast hager, gelenkig und spontan wirkte der asiatisch geprägte Katalane, der auf den Philippinen aufwuchs und in Bali seine Heimat fand. Er trug eine rote Baskenmütze, die er auch nach Stunden nicht absetzte, ein farbenfrohes, langärmeliges Hemd mit lebhaftem Blumenmuster.

Ein stolzer, charismatischer Künstler, der in tro

pischen Farben schwelgte, in der erotischen Aura üppiger Frauen, der sich geistig verbunden fühlte mit den anderen katalanischen Größen, mit Joan Miró und Salvador Dalí. „Dalí von Bali", hatte man ihn genannt.

Rolf und Antonio saßen im Atelier des Künstlers, der junge blonde Wikinger, der ältere orientalische Katalane. Endlich hatte Rolf einen würdigen Gesprächspartner gefunden, endlich einen Künstler mit eigenem Stil, der sich wohltuend von den vielen Malern unterschied, die stets dem gleichen Klischee folgten.

"Ich versuche, laufend neue Stimmungen einzufangen. Picasso sagte: 'Gott ist auch nur ein Künstler. Er hat die Giraffe, den Elefanten und die Katze geschaffen. Er hat keinen wirklichen Stil, er versucht immer wieder andere Dinge.' So geht es auch mir."

Seine Spontaneität, seine wechselnden Stimmungen überraschten:

"Eine Frau ist wie eine Blume, die in mir blüht, die aus mir leuchtet."

An den Wänden, auf dem Boden seines Ateliers

tummelte sich eine sinnliche Traumwelt, Realismus neben Legende.

"Einige Legenden kommen und gehen wie der Dünensand der Wüste, andere hingegen muss ich einfangen, zum Leben erwecken."

Selbst seine eigenen Gedichte hatte er opulent illustriert.

Und dann wieder ganz asiatisch: "Auf diese Skizze schreibe ich das Wort Om, ganz lang, wie Ommm … sprechen Sie das Wort Om, der Klang geht in die Unendlichkeit ein. Om mani padme hum."

Er erzählte Rolf und Irene, dass er beim Malen die absolute Stille brauchte, denn nur aus Momenten der Ruhe schöpfte er die Kraft für seine Kreativität.

"Bevor ich male, höre ich Musik, Mozart, Beethoven, seien Sie nicht schockiert, manchmal sogar Rock, je nach Stimmung. Auch Michael Jackson ist mein Freund. Aber wenn ich male, wenn ich etwas Neues schaffe, dürfen mich keine Töne ablenken. Ich lebe dann ganz dem Grundthema, wie die Grundmelodie einer Sinfonie, ich suche den wesentlichen Ausdruck. Sehen Sie dieses Bild, ich bin stolz darauf.

Ich habe den japanischen Ausdruck des Gesichts getroffen, darauf kommt es mir an. Ich male stets direkt, intuitiv, ohne vorherige Skizzen."

Das Haus, innen und außen, war von Antonios Kunst geprägt. Der Garten atmete Ruhe, gleichzeitig Üppigkeit, üppig wie die Tropen, wie die Frauen, die Antonio auf die Leinwand zauberte. Ein kleiner balinesischer Tempel wurde für seine Frau, für Ni Ronji, geschaffen.

"Dieses Haus, der Garten, das Atelier – hier habe ich mein Zentrum gefunden. Manchmal suche ich die innere Ruhe, den Frieden, die Zufriedenheit, wissen Sie, einfach ein Glücksgefühl. Sehen Sie dieses Bild der Madonna, sie strahlt Güte aus. Das Modell war die Schwester meiner Frau, als sie noch Jungfrau war, lange vor ihrer Heirat."

Ni Ronji, deren graziöse Bewegungen bis heute von ihrer Zeit als balinesische Tänzerin zeugten, war beglückt, dass Rolf die neuen Bilder von Antonio gefielen.

"Viele seiner Bilder spiegeln unsere gemeinsamen schönen Jahre. Ich war immer sein liebstes Modell."

Sie lud Rolf und Irene zu einem Glas Tee am nächsten Tag ein.

"Antonio wird sich freuen, Sie wieder zu sehen."

Am Vormittag besuchten Irene und Rolf ein Tempelfest in einem Dorf in der Nähe von Ubud.

Festlich gekleidete Frauen in langen Reihen trugen Blumengirlanden, Reiskuchen und Früchte zu den Bambusaltären. Männer und Frauen in traditioneller Tracht drängten vor den Tempelwärtern, den Pemangku, ließen sich heiliges Wasser über die Hände gießen. Anschließend wurden ihnen Reiskörner auf die Stirn geklebt. Um den Schrein breitete sich ein Meer rosa- und gelbfarbener Frangipaniblüten aus. Ein schwerer Geruch aus Blüten und Weihrauch belebte die Luft.

Dann, ganz unerwartet, ein eigenartig sirrender Ton, Tauben mit kleinen Bronzepfeifen um den Hals flogen von dem stattlichen Banyan zu den knorrigen Frangipanibäumen. Sie waren die Begleiter der Götter auf ihrem Weg in den Tempel. Bis hierher, bis zu diesem Tempel war das Gamelanorchester aus dem Dorf kaum wahrnehmbar.

Am Nachmittag klingelten Irene und Rolf an der Tür von Antonio Blanco. Da stand Ni Ronji, mit sonnigem Lächeln.

Antonio lud sie in sein Atelier ein, auf der Staffelei stand ein sinnenfreudiges Bild.

"Gerade, als Sie kamen, arbeitete ich an dem Gesicht, nun ist das Bild fertig. Ich glaube, es ist gut geworden. Ich muss nur noch den Rahmen gestalten, das ist wichtig. Rodolfo, was meinen Sie, würden Grautöne passen?"

Im Atelier war das Licht gedämpft, die Farben leuchteten auch im Halbdunkel.

Über einem kleinen Schrank hingen einige der Gongs, die Antonio in vielen Ländern gesammelt hatte. Irene sah sie sich genau an. Sie staunte über die verschiedenen Verzierungen. Danach fiel ihr Blick auf mehrere Teekannen.

"Letzte Woche habe ich eine blaue Teekanne geMalt. Ich liebe Teekannen seit meinem Aufenthalt in Japan. Ich habe sie immer wieder gemalt, aber diese ist besonders schön. Ich zeige sie Ihnen."

Leichtfüßig, fast schwebend, wie ein leichter Hauch, kam ein junges Mädchen in den Raum und servierte ihnen Tee in dünnen japanischen Schalen. Sie saßen auf niedrigen Kissen, ließen sich von der Ruhe, der inspirierenden, fast meditativen Atmosphäre einfangen, ohne Ablenkungen, ohne Zigarettenrauch. Ni Ronji setzte sich neben Irene.

Antonio blickte dem Mädchen nach: "Sie ist intelligent und klug, langsam aber deutlich wird sie zur Frau. Stellen Sie sich vor, sie möchte Krankenschwester werden! Das verstehe ich nicht!"

Im Garten war es still, Blumen leuchteten in der violetten Dämmerung. Auf der Shivafigur lag eine weiße Blüte. Am Horizont erglühten kleine Lichter. Irgendjemand sang, fast elfengleich, weit entfernt. Bunte Schmetterlinge glitten über die Blumen, die Steine.

Am nächsten Tag trafen sie Suresh in dem Gartenrestaurant von Han Snel. Er bat sie in seinen einfachen Bungalow, der hell und freundlich wirkte. Dort, auf einer improvisierten Staffelei, stand sein neuestes Bild. Irene und Rolf waren überrascht, sie hatten ein balinesisches Motiv erwartet.

"Ich verehre Krishna, die achte Inkarnation des Gottes Vishnu, ich habe ihn immer wieder gemalt."

Das große Bild erzeugte eine eigenartige, beinahe unwirkliche Atmosphäre. Dunkelgrüne und meeresblaue Farben, ineinander verwoben, bedeckten fast das ganze Bild. Ganz unten in der linken Ecke tanzte wie lebendig der blauhäutige Krishna, wie in der Unendlichkeit der Welt, Traum und Realismus, einen Liebestanz, um die Gopis, die Hirtinnen der Kühe, zu verführen.

Rolf war überrascht das Bild eines echten Künstlers zu sehen, der sich von der manierierten Malerei abhob.

"Ich zeige euch noch ein anderes Bild von Krishna, das ich letzte Woche gemalt habe."

Eine ganz andere Atmosphäre, zarte, subtile Farben, Krishna spielt Flöte, um damit die Gopis zu betören.

"Der Klang seiner Flöte versinnbildlicht die Lie

be." Und nach einer kurzen Pause: "Ich bemühe mich um einen eigenen, ganz spezifischen Stil. Meine Bilder leben aus der indischen Mythologie heraus. Sie drücken trotz allem mein eigenes Empfinden aus, unbeeinflusst von anderen Künstlern. Ich liebe leuchtende Farben und sanfte Übergänge von Ton zu Ton, vor allem weiche Brauntöne."

Sie aßen zusammen, Suresh war Vegetarier und bestellte Gemüsecurry, Rolf und Irene nahmen Huhn auf Bananenblättern. Es entwickelte sich eine anregende Atmosphäre, sie plauderten über die Maler von Bali, einst und jetzt, Einheimische und Fremde. Rolf schilderte seine Eindrücke von Antonio Blanco. Auch Suresh hatte sein Atelier besucht, war jedoch weniger beeindruckt.

"Ein guter Maler, aber er ist sehr von sich eingenommen. Ich war nur kurz in seinem Atelier und unterhielt mich mit seiner Frau. Sehr geschäftstüchtig, sie verkauft seine Bilder sehr teuer, ich meine zu teuer."

Nach dem Essen tranken Suresh und Rolf ein lokales Bier. Suresh riet ihnen: "Wenn ihr etwas Zeit habt, besucht die Komaneka-Galerie, die sich auf junge akademisch geschulte Künstler aus Bali spezialisiert hat. Dort könnt ihr durchaus auch unkonventionelle Bilder sehen, von Malern, die sich von der Tradition von Ubud befreit haben. Und dann empfehle ich euch die Gemälde von Wayan Paramartha, besonders die Darstellungen graziler Tänzerinnen."

Suresh würde sich über ihren Besuch auf der Rückreise in Mumbai freuen, Rolf könnte dort mehrere indische Maler kennen lernen und sich von der besonderen Atmosphäre des Landes anregen lassen.

„Für Irene brächte das ebenfalls interessante Eindrücke."

Irene wollte einige Tage in einem Strandhotel auf Bali entspannen. Suresh schlug ihnen ein kleines Bungalow-Hotel am Sanur-Strand vor.

"Das liegt nicht weit von dem ehemaligen Wohnhaus des belgischen Malers Adrien Le Mayeur, das dürft ihr nicht versäumen. In der Nähe habe ich viele schöne Tage verbracht. Seine Bilder haben mir die Schönheit von Bali nahegebracht. Er war für mich eine Brücke von Indien nach Bali.

Ich erinnere mich gerne an die ersten Tage auf Bali. Ich genoss die ruhige Atmosphäre des kleinen Hotels. Endlich Stille nach der Hektik von Mumbai. Für euch wäre das ein schöner Ausklang eurer Tage auf dieser Insel.

Jeden Nachmittag saß ich im Hotelgarten und zeichnete ganz ungestört erste Skizzen für meine Bali-Gemälde, vor allem Blumen und die fast lautlosen Bediensteten in bunten Sarongs, die mir Tee servierten, Fruchtsäfte und kleine Körbe mit Früchten. Ja, ich kam dort zur Ruhe und war einfach glücklich."

Suresh erzählte von seinen langen Spaziergängen an der Küste und seinem Besuch in dem ehemaligen Wohnhaus von Le Mayeur, das dieser in seinem Testament dem indonesischen Staat vermacht hatte.

Suresh zahlte das bescheidene Eintrittsgeld und schlenderte durch den tropischen Garten, wo die Bougainvillen und der Hibiskus blühten.

In der wenig interessanten Andenkenboutique sprach ihn die ältere Dame an, die die Kasse verwaltete: "Sind Sie selbst Maler? Ja? Das freut mich, da werden Sie die Farbenpracht der Bilder von Le Mayeur zu würdigen wissen. Kommen Sie, ich zeige Ihnen die Ausstellung."

Sie war eine Großnichte von Le Mayeur. Mit Pollok, der Frau des Künstlers, hatte sie viele Jahre im Haus des Meisters verbracht.

"Ich bewohne hier nur ein ganz einfaches Zimmer, aber für mich ist die Nähe zu der Zauberwelt meines Vorfahren bis heute ein Erlebnis."

Sie führte ihn durch die verschiedenen Räume des Museums, wo an Holzwänden neben Originalbildern auch einige Reproduktionen hingen. Die impressionistisch geprägte Glut der Gemälde begeisterte Suresh.

Rolf war interessiert, von Suresh mehr über die Bilder von Le Mayeur zu hören. Er hatte bisher noch kein Originalgemälde des Künstlers gesehen.

Suresh war vollauf begeistert. „Ich fühlte mich dem Maler nahe. Die indischen Gemälde, die er in Varanasi gemalt hat, spiegeln ein gedämpftes, fast meditatives Fluidum wider. Die Bilder von Bali sind pure Lebensfreude in ihrer Komposition und den Farben, einige erinnern an Gauguin. Da hockten Mädchen an einem kleinen Fischteich und dort tanzte seine balinesische Frau, eine bekannte Legongtänzerin, anmutig und mit ausdrucksvollen Händen.

Auf einem Tisch lagen Bücher wie von dem Maler gerade aufgeschlagen. Die Fenster schmückten schöne Schnitzereien, Szenen aus dem Ramayana, vor allem die bekannte Geschichte von Rama und Sita, kunstvoll in Holz zum Leben erweckt."

Die Nichte hatte sich gefreut, dass Suresh alles in Ruhe betrachtete und nicht durch die Räume eilte, wie die meisten Touristen. Sie zeigte ihm die alten Familienalben mit vergilbten Fotos von Le Mayeur mit seiner Familie und regelmäßig vor seiner Staffelei.

Suresh bedankte sich, er versprach wiederzukommen nach den Tagen in Ubud. Dort wollte er malen und hoffte, viele Anregungen zu finden. Le Mayeur, das war für ihn das Tor zu einer neuen Welt, die ihm einerseits fremd, andersseits so vertraut erschien.

Im Garten blieb Suresh für Minuten stehen, lauschte der Meeresbrandung. Seine Gedanken reisten in die Ferne und zurück zum farbenfrohen Bali.

„Wenn ihr in Sanur seid, grüßt die Nichte von mir. Sie wird in der kleinen Boutique sein und sich freuen, mit euch zu plaudern.

8

Erst dann gewahrten Irene und Rolf auf dem Tisch eine alte, verwitterte Figur der Göttin Lakshmi. Ihr Lotossockel war nur angedeutet.

Als sie Suresh darauf ansprachen, lächelte er. „Ich reise nie ohne sie. Lakshmi ist das Symbol für das Gute, für die Liebe, für den Wohlstand. Daheim in Mumbai steht sie auf meinem Esstisch. Für mich ist sie Erinnerung an meine Jugendjahre, an die Träume meiner Kindheit, sie wird mich immer begleiten, sie ist mehr als nur Symbolik."

Rolf hatte den Eindruck, dass der bunte Kosmos indischer Götter für Suresh real war, ganz nahe, dass er damit lebte und das Leben als Illusion, als Maja empfand. Das drückten auch seine Gemälde aus,

Göttergestalten in einer transzendenten Welt, für Suresh Teil der Wirklichkeit, für Rolf eine verträumte Illusion, eine Kunstrichtung, die ihm völlig fremd war, die ihn jedoch interessierte.

Irene hingegen war einfach nur neugierig: „Woher hast du diese kleine Figur? Stammt sie von deinen Eltern?"

Suresh erzählte gerne: „Wollt ihr wirklich die Geschichte hören? Es ist eine lange Episode aus meinen Jugendjahren in Chennai, in Madras, wie die Stadt damals hieß."

Irene und Rolf freuten sich auf einen entspannten Abend mit Suresh. Rolf bestellte ihnen noch ein Bier und einen Fruchtsaft für Irene.

***

Es war einer jener heißen Sommertage in Chennai. Sollte es ein Glückstag für ihn werden? Vielleicht, er hoffte es so sehr. Schwüle Luft am frühen Nachmittag. Suresh saß auf der Sonnenseite des Busses. Immer wenn eine Baulücke oder ein niedriges Haus die Sonne durchließ, schloss er sekundenlang die

Augen. Seine besonders starke Sonnenbrille half wenig. Der Bus fuhr durch schattige Alleen, vorbei an blühenden Bougainvillen und Fächerpalmen. Suresh sah selten aus dem Fenster.

Der alte Herr vor ihm hatte breitbeinig zwei Sitze belegt. Suresh beugte sich nach vorne, lehnte er sich zurück, schwitzte er wesentlich mehr. Dann fürchtete er, die braune Farbe des Sitzes könnte sein feuchtes Hemd verfärben. Er kämpfte mit der Trägheit, fühlte sich schlaff und müde, schloss die Augen ein wenig länger, kniff sich in den Handrücken.

Eigentlich bin ich nicht müde, ich brauche nur ein Glas kaltes Wasser. Ich bin durstiger als ein Fuchs, der sich verlaufen hat, dachte er.

Er bewegte sich kaum, so fühlte er die Hitze weniger. Der alte Herr las eine Zeitung, Suresh hätte sich nicht einmal auf die Schlagzeilen konzentrieren können.

Er war froh, als er die Marina erreichte. Hier war es nur unmerklich kühler, aber es wehte eine leichte Brise. Es duftete nach Meer, nach Blüten. Suresh ging die wenigen Meter zum Strand zu einem Felsvorsprung, dort verbrachte er viele seiner freien Nachmittage mit seinem Skizzenbuch. An dieser Stelle ließ es sich stundenlang träumen, der kargen Wohnung, der Alltagsroutine entfliehen, um etwas Ruhe zu finden.

Das Meer war unbewegt, bleiern, nur am Horizont einige wenige weiße Segel. Die Sonne schien fast senkrecht, schattenloser Nachmittag, alles ruhte. Wo war nur seine Kappe mit dem schützenden Schirm? Er sah kaum andere Besucher. Die meisten Familien kamen erst gegen Abend, wenn der frischere Wind die Hitze vertrieb.

Endlich hatte er die Energie, seinen Skizzenblock zu öffnen. Sollte er heute Familien am Strand zeichnen oder vielleicht einen Schwarm bunter Fische? Leichte, kräuselnde Wellen, drüben bei den Booten blubberte das Wasser. Waren dort die Fische?

Die Sonne kitzelte im Nacken. Er reckte sich, die Steine wurden feucht und rutschig. Geschickt hockte er auf einem kleinen Felsen, ohne seinen Skizzenblock aus der Hand zu legen. Weiche, federnde Wellen umsprühten den Stein. Erst spürte er ihn kaum, dann berührte ein Schwarm winziger Insekten sein Gesicht.

Suresh saß auf seinem kleinen Klappstuhl und träumte

diesen Traum von einer Schar wirklich großer Fische, breite und lange, die mattgrau schimmerten oder ganz bunt in Regenbogenfarben glänzten.

Rechts von den Felsen dümpelten schmale Boote in der Dünung. Wellen schlugen sanft gegen die gestreiften Bootsrümpfe, einem monotonen Takt folgend. Ab und zu, als wollten sie die Harmonie der Melodie unterbrechen, spritzten sie höher, nur ein wenig, trotzdem erschien es Suresh, als sammelten sich Scharen von Fischen, große, kleine, eine ganze Armada, die das Boot zum Schaukeln brachten.

Was aber, wenn ein Fisch nahen würde, groß und schnell, der dann erneut davonschwamm, das Wasser teilend, nichts als eine unbedeutende Bugwelle hinter sich lassend, vorbei, vergessen? Nein, nein, er würde ihm nacheilen, vielleicht auf dem Rücken eines Delfins. Hatte er nicht eine unregelmäßig geformte Münze in einem Museum gesehen, die ein solches

Bild zeigte? Nachmittagssonne und immer wieder diese Träume.

Heute trug er Jeans, weiße Sportschuhe, ein kurzärmeliges grünes Hemd, das langsam in der Brise trocknete. Er war fast 18 Jahre alt und kleidete sich wie die meisten Teenager.

Gegen Abend wollte er noch einmal den schmalen Pfad in der Nachbarbucht entlanggehen, ganz vorsichtig, vielleicht könnte auch er einen Schatz entdecken, wie Lal, sein Freund und Nachbar, der vor Monaten einige silberne Münzen gefunden hatte, die der Antiquitätenhändler sofort kaufte. Wo einmal alte Münzen verborgen waren, lassen sich sicherlich weitere finden. Wie schön wäre das.

Hatte nicht Lal von prächtigen antiken Städten erzählt, von Tempelruinen, von einer grandiosen alten Kultur? Die Geschichte Indiens war doch so reich an wechselnden Zivilisationen. Überall verbarg die Erde alte Schätze, um die sich die Sammler in aller Welt rissen. Dem Museum, der Regierung musste er zuvorkommen. Lal kannte einen Händler, der keine Skrupel hatte, der schnell und gut bezahlte.

Suresh träumte von einem Studium an der Kunstschule, das würde ihm neue Horizonte öffnen. Und dann wünschte er sich so sehr ein Mofa oder wenn möglich ein kleines Motorrad. Am Wochenende könnte er an der Küste entlangfahren, einige Touristinnen beobachten, zum Flirten fehlte ihm der Mut, aber vielleicht käme der mit der Zeit. Ja, das wäre Freiheit, unendliche Freiheit.

Erst als die Schatten länger wurden, schräger einfielen, ließen sich feine Konturen im Sand erkennen. Früher lohnte sich die Suche nicht, so hatte Lal erzählt. Wenn er ihm zuhörte, klang alles so leicht, so einfach, die Zweifel kamen erst später.

Die Uferstraße belebte sich. Wochenende, später Nachmittag, zahlreiche Familien suchten die erfrischende Meeresbrise, gingen am Meer spazieren oder setzten sich zum Plaudern auf Decken an den Strand. Das Meer war heute so ruhig, so träge, so geheimnisvoll, in zeitloser Stille schliefen die Farben.

Früher war Suresh geduldiger, atmete die frische Meeresluft, beobachtete die Familien am Strand, sprach gelegentlich mit einigen Bekannten oder

Nachbarn und machte zwischendurch kleine Skizzen für ein größeres Bild, das er noch immer nicht angefangen hatte. An jenem Tag aber war er ungeduldig, nervös, blickte dauernd auf die Uhr, die Zeiger liefen langsamer als sonst. So viele Träume ließen sich mit einem Studium und einem Mofa erfüllen.

Erst als feine Schleierwolken am Horizont den Abend ankündigten, die Brise intensiver wurde, nahm er seinen Block und die alte braune Tasche, reckte sich und ging gemächlich zu dem schmalen Pfad in der nächsten Bucht, an dessen Rand Lal sein Glück gefunden hatte.

Suresh musste vorsichtig sein, wenn möglich unbeobachtet bleiben, mit der Schaufel nur dort graben, wo sich der Sand verfärbt hatte. Die innere Spannung wich einer erzwungenen Ruhe. Er durfte nicht nervös werden.

Hatte man seine Träume erhört? Suresh fand Steine, unregelmäßig geformt, einige winzige Ziegel, Scherben von Töpfen, Lal hatte alles ehrlich und korrekt berichtet. Das war also die magische Stelle. Beständig blickte er nach allen Seiten, niemand hatte ihn gesehen, um diese Zeit wirkte der Pfad ruhig und verlassen. Geduld brauchte er, viel Geduld. Als es zu dunkel wurde, musste er aufhören, nächstes Wochenende könnte er ja weitersuchen, eine ganze Woche ausharren.

Suresh erstarrte, zitterte, dort, war das nicht ein kleiner Steinkopf? Vorsichtig, ganz vorsichtig, befreite er ihn vom Sand, schwitzte, blickte immer wieder nervös nach rechts und links, hörte sein Herz pochen, hatte schweißnasse Hände. War das nicht ein Kopf von Lakshmi, der Göttin des Glücks? Er sah sie sich genau an, weiche, weibliche Züge, kaum zu erkennen, nur zu erahnen, eine stark verwitterte Figur.

Suresh war nervös, aufgeregt, rasch zwängte er den Fund in seine Tasche, schüttete das Loch nur notdürftig zu, lief Richtung Stadt, schnell, so schnell er konnte, schneller als 'ein flüchtiger Blick'.

Er eilte durch belebtere Straßen, wich Fahrrädern aus, irgendwo versperrten Zeburinder den Weg, die einen hochbeladenen Karren zogen. Er wusste, wo er den Händler treffen konnte, Lal hatte es genau beschrieben, ein kleiner Laden, vollgestellt mit Möbeln, altem Glas, kitschigen Bildern. Die wahren Schätze verkaufte er spätabends an Sammler, die ihn in seiner Wohnung auf ein Glas Tee besuchten.

Suresh konnte seine Nervosität kaum zügeln. Er wusste, das er nach außen ganz kühl bleiben musste, so als wäre der Fund etwas Alltägliches.

"Ich bringe Ihnen eine antike Büste von Lakshmi, sehen Sie diese weichen, sinnlichen Züge?"

Der Händler betrachtete den verwitterten Kopf, stellte seine Tischlampe schräger, um die Konturen besser zu erkennen. Suresh blieb ernst, unterdrückte seine Ungeduld, sein Hoffen.

"Aber Sahib, die Figur ist so stark verwittert, dass keine Details erkennbar sind. Das Alter lässt sich nicht schätzen, sehr alt ist sie jedoch nicht. Solche Köpfe finden wir häufig, kein Sammler wird sich dafür interessieren. Es tut mir leid. Wir könnten die Figur dem Museum schenken, allerdings nur wenn Sie den genauen Fundort kennen."

"Dann behalte ich sie lieber selbst."

Suresh packte den Kopf vorsichtig in seine Tasche und lief, so schnell er konnte. Der nächste Bus fuhr in zwanzig Minuten.

Im Bus, verschwitzt, verstaubt, versuchte er aufsteigende Tränen zu unterdrücken. Nein, Lal würde er nichts davon erzählen. Nächstes Wochenende konnte er es ja wieder versuchen, die Fundstelle blieb ihr Geheimnis. Er brauchte Geduld, viel Geduld, von dem Mofa und der Kunstschule träumte er seit Monaten, was waren da schon ein oder zwei Wochen mehr. Schade war es dennoch. Verstohlen strich er über das verwitterte Steinköpfchen. Er würde seine Lakshmi behalten, sie achten, sie verehren, seine Göttin von Chennai.

Es blieb sein einziger Fund. Der Zuversicht folgte die Desillusion, aber er lernte, auch so den Lebenskampf zu meistern.

***

Irene und Rolf hatten der Schilderung interessiert zugehört. Spät war es geworden. Am nächsten Morgen wollten sie sich erneut mit Suresh treffen und erst am Nachmittag nach Sanur weiterreisen.

Sie frühstückten zusammen in dem Restaurant von Han Snel.

Suresh und Rolf verabredeten, sich in Mumbai wiederzusehen. Für Suresh waren ihre Diskussionen nicht nur interessant, sondern ebenso lehrreich. Rolf verkörperte eine andere, abstraktere Kunstrichtung, die er kaum verstand. Seine heftigen Emotionen konnte er nicht immer nachvollziehen. Dafür war jedes Gespräch inspirierend und brachte neue Erkenntnisse mit sich.

„Ich freue mich, dass du ein paar Wochen in Indien verbringen wirst, um einige Anregungen zu finden. Es ist nur schade, dass Irene direkt von Den Pasar nach Deutschland zurückfliegen muss. Wenn du Zeit hast, besuche doch in Mumbai meinen Freund Ravindran. Sein Malstil ist abstrakt und ungewöhnlich. Vielleicht kann er dir ein paar Ideen vermitteln. Mir hat er früher sehr geholfen, obwohl ich in eine andere Stilrichtung gegangen bin. Ich werde ihn anrufen und deinen Besuch ankündigen."

Suresh würde Rolf in seinem Hotel kontaktieren, sobald er wieder in Mumbai war. „Dann können wir zusammen Galerien und Museen besuchen und ich kann dir mehrere moderne Maler vorstellen."

Der Abschied von Irene war besonders herzlich. Suresh wollte einige Tage in Sanur bleiben und malen, nicht nur religiöse Motive, sondern die kleinen Augenblicke des Glücks, die er auf Bali genoss, das Lächeln einer Balinesin, eine leuchtende Blume vor dem Blau des Himmels, Körbe voller reifer Früchte, eine Kröte vor einer Blume. Er wollte glückliche Augenblicke festhalten in einer Form, wie sie vorher noch nicht existiert hatte.

Bali hatte ihm neue Impressionen vermittelt. Dieses Leuchten der Landschaft! Und die vielen Anregungen durch andere Bilder, von denen einige schal wirkten, andere jedoch geprägt waren von intensiven Farben und ungezügelter Fantasie. Suresh erschien das Leben wie ein langer Traum mit ungewissem Ziel. Am meisten hatte er von Rolf gelernt. Seine avantgardistische Kunst hatte ihn überrascht, die intensiven Gespräche über künstlerische Trends waren lehrreich. Er freute sich darauf, ihn in Mumbai erneut zu treffen.

9

Die glücklichen Tage von Sanur vergingen viel zu schnell. Irene musste zurück nach Hamburg – ein langer, einsamer Flug. Rolfs Tränen beim Abschied, sein Versprechen, dass sie sich sehr bald wiedersehen würden, seine Zusicherung, dass ihre Zukunft ein gemeinsamer Weg sein wird, all das beruhigte sie. Dennoch, schon jetzt vermisste sie ihn.

***

Die Stadt atmete Staub. Mumbai ersehnte den Regen. Die Straßen waren grau, trocken, ausgedörrt. Schwarze Wolkenarmeen türmten sich, drohten gleich Kriegswagen, kamen und gingen. Es blieb der Staub, der dunkle Himmel, die Schwere der Hitze. Der Monsun wollte nicht kommen.

Menschen gingen mit gesenkten Köpfen, so als müssten sie einer Last ausweichen. Die Autofahrer wurden unruhiger, aggressiver. Die Hupe wurde zum Stakkato des Infernos.

Es war die fließende Zeit zwischen Nachmittag und Abend, die Zeit vieldeutiger Anspielungen.

Der nahe Textilmarkt, überdacht, abgeschirmt, brachte einen abrupten Szenenwechsel. Händler in blütenweißen Dhotis saßen neben ihren bunten Stoffballen, ein berauschendes Farbenspiel entlang schmaler Gassen, in denen Frauen drängten, Schatten auftauchten und verschwanden, Stimmen gedämpfter klangen, die scheinbare Ruhe zum Verweilen einlud.

Nur wenige Schritte weiter – und da war wieder dieser Lärm, dieser Druck, und dann die knarrenden, abgetretenen Holzstufen in dem dunklen sechsstöckigen Gebäude. Ab und zu erhellte eine Glühbirne, umschwärmt von Mücken, die unterschiedlich hohen Stufen. Rolf musste vorsichtig gehen, um nicht zu stolpern.

Erneut dieser eigenartige Geruch von Schweiß, von Räucherstäbchen. Stufe für Stufe ging es hinauf. Das Geländer war lose, die Wände grau oder schwarz, von jahrelangem Staub verwischte Konturen und Farben. Das Atmen fiel schwerer.

Vorsichtig betrat Rolf das Flachdach, ging behutsam wie auf Zehenspitzen. Der Verkehrslärm tobte bis in diese Höhe, ein Hupen, ein Kreischen, ein Chor unmelodischer Stimmen.

Ravindran, der Maler, trat mit ausgestreckter Hand aus seiner kleinen Hütte auf dem Dach, ein Zimmer, spartanisch eingerichtet, das Bett, zwei Stühle, ein Bücherbord, ein alter Schrank und unübersehbar eine Staffelei sowie, gegen die Wand gelehnt, mehrere Leinwände. Hier also wohnte er, arbeitete, meditierte. Wie wenig brauchte doch ein großer Geist zum Leben. Aus einer zweiten Hütte, wenige Meter entfernt, drangen Frauenstimmen. Es roch nach Curry.

Ravindran schloss die Tür. Ein Deckenventilator drehte langsame Bahnen, ein Hauch von Kühle ließ Ruhe aufkommen. Er bat Rolf auf einem der Stühle Platz zu nehmen. Der Maler hockte sich wie selbstverständlich barfuß auf das breite Bett, die Sandalen sorgfältig davorgestellt. Der Stuhl war hart und schmal und sehr niedrig.

Intensiv sah er Rolf an - der Blick eines Malers –

mit Augen, die von innen heraus leuchteten, lächelte leicht, dann sein leises "Namaste".

Sein weißer Dhoti war zerknittert, der graue Bart ungekämmt, seine Haltung hingegen, seine hohe Stirn geboten Respekt. Er schwieg, ließ die Zeit in sich ruhen. Die Atmosphäre hatte etwas Unwirkliches. Zögernd, etwas stockend, erzählte Rolf von seiner Malerei und seiner langen Reise nach Asien.

"Unterwegs habe ich immer wieder versucht, die neuen Eindrücke zu abstrahieren, Emotionen in Farben umzusetzen. Ich liebe heiße, glänzende Farben. Ich male fast ausschließlich mit Ölfarben, nur diese geben mir alle Möglichkeiten. Ab und zu experimentiere ich mit anderen Materialien, in Borneo habe ich sogar auf Baumrinden gemalt."

Er lachte. "Aber eigentlich nur, weil ich keine Leinwände mehr hatte."

Rolf hatte einige Fotos seiner letzten Gemälde mitgebracht, so konnte Ravindran einen Eindruck von seinem Stil gewinnen.

Ravindran ließ sich Zeit, er betrachtete die Bilder intensiv. "Die Einflüsse des Expressionismus sind unverkennbar. Suresh hatte Recht, als er mir am Telefon sagte, dass Sie einen unverwechselbaren Stil haben. Ich würde gerne einmal ein Original sehen."

Und dann, als brauchte er Zeit, um sich zu sammeln, erzählte Ravindran mit schneller, leiser Stimme, die zur Konzentration zwang. Er stammte aus einem Dorf in Maharashtra, etwa drei bis vier Stunden per Bus von Mumbai entfernt, lebte aber schon viele Jahre hier. Die Landschaft seiner Jugend inspirierte ihn noch immer. Die Naturgewalten, der Wind, der Sturm und der Mensch als Teil des Ganzen, diese wechselseitigen Einflüsse prägten sein Schaffen.

"Ich male Landschaften und Augen, die diese wahrnehmen. Auch ich benutze Ölfarben und abstrahiere, um das Wesentliche erkennbar zu machen."

In dem kleinen Zimmer breitete sich ein betörender Duft von Weihrauch, von Jasmin und Sandelholz aus, der zum Plaudern inspirierte.

"Ich wohne bescheiden, aber ich brauche das. Stört Sie dieser Chor der Megalopolis, diese Geräuschkulisse aus Stimmen und Autolärm? Manchmal inspiriert sie mich, es ist kein individueller Klang, der würde mich ablenken, es ist vielmehr so etwas wie ein kollektives Rauschen. Vielleicht ist es das, was mich an der Großstadt reizt.

Wenn ich male, muss ich ganz alleine sein. Meine Frau, meine Töchter dürfen nicht stören, ebenso wenig Besucher. Ab und zu brauche ich neue Anregungen, dann gehe ich durch die lebhaften Straßen, betrachte die Saris der Frauen, besuche einen Händler im Basar, mit dem ich befreundet bin, einen Marwari, der den ganzen Tag auf seinem weißen Kissen sitzt und mit Kunden feilscht, trinke einen Tee mit Kollegen, auch mit Suresh, und besuche Galerien. Fast jeden Monat wird ja eine neue eröffnet."

Und ganz unvermittelt sagte er: "Möchten Sie ein wenig essen? Ich kann Ihnen nur Körner anbieten, Nüsse, ein Glas Wasser, später bringt meine Frau Früchte und Kräuter. Mir reicht das, um Kräfte zu sammeln, innere und äußere. So kann ich nachts tief und gut schlafen, in der Früh mit klaren Gedanken aufwachen."

Mit anmutigen Gesten seiner kleinen Hände unter-
malte er die Worte.

"Ab und zu trete ich aus meiner Hütte und schau
nach unten auf das Gewirr der Stadt. Frühmorgens
liegt meistens alles im Dunst, die Luft ist feucht, ver-
dichtet durch Abgase und den Staub der vielen Bau-
stellen, ein gespenstischer grauer Schleier. Ich habe
ihn gemalt, eine ganze Serie von Bildern. Ich zeige
Ihnen eins davon."

Ravindran holte eine der Leinwände, die an der
Wand lehnten, stellte sie auf die Staffelei. Rolf betrachtete das Bild eingehend. Erst wenn man einige
Schritte zurücktrat, offenbarte die fast weiße Leinwand eine Landschaft mit Menschen, die dem Bild
entwichen zu sein schienen, fast aufgelöst im Nebel.
Das Licht brach sich im Weiß und Grau, Konturen
verblassten, aber irgendwie waren sie noch immer
da.

"Genial", Rolf fand kein anderes Wort. "Besonders wie Sie das eigenartige Licht getroffen haben.
Die nur schemenhaft angedeuteten Menschen schei-

nen mit der Einsamkeit zu verschmelzen."

Ravindran zeigte ihm andere Bilder, farbenfrohe Abstraktionen.

"Ich habe hier nur wenige Bilder. Ich bereite gerade eine neue Ausstellung vor. Ich lade Sie zur Vernissage ein. Sie kommen doch?

Früher habe ich regelmäßig ausgestellt, auch in London und vor sechs Jahren in New York. Ich habe gut verkauft. Manchmal mochte ich mich nicht von einem Bild trennen, es war zu einem Teil von mir geworden. Andererseits musste ich leben und ich wollte ausschließlich malen, keinen anderen Beruf ausüben, nicht einmal für kurze Zeit. Irgendwie überwand ich diese Skrupel. Heute will ich nur noch in Indien ausstellen und nicht mehr so viel reisen. Ich brauche Ruhe."

Sein Anblick fesselte, die hohe Stirn mit der roten Kastenmarke. Aus dem fast faltenlosen Gesicht sprach intensive Lebensfreude, eine innere Glut.

Das Gespräch wurde unterbrochen. Eine ältere Frau im schlichten Sari betrat die Hütte und stellte eine große Schale mit Obst und rohem Gemüse auf einen der Stühle.

"Ich habe einen Gemüsecurry vorbereitet, darf ich Ihnen eine Schale bringen?"

Rolf dankte ihr, ja das würde ihn freuen.

Er blickte sich in dem bescheidenen Raum um. Erst jetzt gewahrte er den tanzenden Shiva Nataraja aus Bronze, der in der Ecke stand, der die Kraft des Alls vergegenwärtigte, die Schöpfung, Bewahrung, Zerstörung.

"Er ist nicht makellos, ein kleiner Splitter ist abgefallen."

Als sei er eine Erklärung schuldig, fügte Ravindran hinzu: "Aber er ist fast fehlerlos."

Rolf war fasziniert, nicht nur von den Bildern Ravindrans, nein, ebenso von der Person des Malers und der fast asketisch wirkenden Umwelt, von der eine spirituelle, schwer fassbare Stimmung ausging.

Das Gespräch wurde langsamer, blieb jedoch intensiv.

"Rodolfo, ich brauche eine ruhige Umgebung, keine Partys, keine Künstlerfeste. Eines der Übel unserer Zeit ist die Ungeduld. Auf die Dürre folgt die Regenzeit, graue, knorrige Äste zaubern neues leuchtendes Grün. Alles ist ein ewiger Kreislauf. Große Ideen werden geboren, diskutiert, verworfen, vergessen und wiederentdeckt. So ist das Leben."

Der Abschied war kurz, ohne Floskeln.

„Jedes Gespräch hat seine Zeit, auch unser Gespräch. Wir sollten es fortsetzen, später."

Dann ein Falten der Hände, ein leichtes Lächeln, und diese intensive Stille, die sanfte Stille des Abschieds.

Als Rolf aus der Hütte trat, schien der Himmel ganz tief zu hängen, wie eine schwarze Drohung. Es donnerte laut und dumpf, Blitze zuckten. Ein heißer Windstoß und nun kamen sie, dicke, schwere Tropfen, die den Staub zu ersticken schienen, den Nebel der Autoabgase. Es roch nach Fäulnis, ganz schwül, ganz intensiv.

Wie befreit schwirrten Insekten, ein erdiger Geruch stieg bis in diese Höhe. Ein Donnerschlag, ein weiterer, stürmische Böen, Wasserkaskaden, die drohten, alles zu bedecken.

Es war, als entstiege Shiva Nataraja seinen bronzenen Fesseln und tanzte, tanzte, tanzte in die Nacht.

Unten hatte sich die Straße blitzschnell in einen Kanal verwandelt. Kinder sprangen in das Wasser, jauchzten, einige Passanten schienen ganz ungerührt und wateten mit nasser Kleidung durch das Nass. Andere saßen dicht gedrängt auf den Dächern von Autos. Rolf hatte Glück, er fand schnell ein leeres Taxi, die warme Luft trocknete die Feuchtigkeit.

Am Abend telefonierte Rolf mit Irene. Er war nach wie vor gefangen in der Welt von Ravindran, seiner Bilder, seiner Lebenssphäre. Rolf versuchte, ihr einen Eindruck zu vermitteln, auch von dem dramatischen Ausklang des Besuchs mit dem Einbruch des Monsuns.

Später, in seiner schlichten Pension, vermisste er ihre Nähe. Er bemühte sich, sich abzulenken, zappte von einem Fernsehprogramm zum nächsten, nichts konnte ihn wirklich aufmuntern. Als sich der Regen etwas beruhigte, ging er noch einige Schritte durch die feuchte Nacht, aber zur Ruhe kam er nicht an diesem Abend.

10

Zwei Tage später kam Suresh zurück aus Bali und schon am nächsten Tag trafen sie sich im Tea Centre in der Veer Nariman Road. Rolf gefiel die gedämpfte Atmosphäre, fern jeder Hektik. Sie schlürften eine Gemüsesuppe und tranken den frisch gebrühten Darjeeling Tee. Suresh wirkte ausgeglichener als bei ihren ersten Begegnungen in Ubud, auf Bali war er offensichtlich zur inneren Ruhe gekommen. Er war leger gekleidet, in Jeans und kariertem Hemd mit kurzen Ärmeln. Rolf versuchte ebenfalls, sich der armen Feuchte anzupassen.

„Ich habe Ravindran besucht. Ich war beeindruckt von seiner abgeklärten Persönlichkeit und vielen seiner Gemälde, besonders von den abstrakten Landschaften. Seine Nebelbilder wirken wie verschleiert. Alle Gemälde spiegeln eine reizvolle Sinfonie von Farbe und Licht wider und zeugen von einer großen Sensibilität für Form und Empfinden."

Suresh nickte.

„Rodolfo, ich kann deine Gefühle gut verstehen.

Ravindran ist mir Lehrer und Vorbild, obwohl wir im künstlerischen Ausdruck gegensätzliche Wege gehen. Er ist noch Idealist, für ihn ist das Malen ein kreativer Prozess und kein Mittel um reich zu werden. Ravindran kämpft gegen den extremen Geschäftsgeist einiger junger Künstler, dabei will ich ihn unterstützen."

„Er ist eine ganz ungewöhnliche Persönlichkeit."

„Sind wir das nicht alle?"

Sie nippten vorsichtig an dem heißen Tee.

„Suresh, ich möchte dir meine letzten Bilder zeigen. Hier in Mumbai habe ich versucht, die neuen Eindrücke zu verarbeiten, die Konfrontation mit dem Neuen künstlerisch umzusetzen, eine neue Realität zu schaffen, so wie ich sie sehe und empfinde."

„Ich habe Zeit, wir können am späten Nachmittag in deine Pension gehen und du kannst mir deine Bilder zeigen. Ich bin wirklich sehr gespannt. Mein Atelier ist am Rande des Basarviertels, dort können wir uns in den nächsten Tagen treffen, damit du meine neuen Bilder sehen kannst und einige der älteren, die ich dir in Ubud nicht zeigen konnte."

Sie tranken noch ein Glas Tee. Die Lethargie des Nachmittags wirkte beruhigend.

„Hattest du schon Gelegenheit, einige der Galerien in Mumbai zu besuchen, nicht nur die bekannte Jehangir-Galerie, sondern auch die kleineren?"

Rolf verneinte.

„Hier gibt es Interessantes zu entdecken, Mumbai hat eine große und dynamische Künstlergemeinde. Ich möchte mich wieder einmal orientieren. Wie wäre es, wenn wir uns gemeinsam zwei oder drei Tage lang umsehen? Solange du in Mumbai bist, solltest du auch einige der Originalgemälde von S.H. Raza anschauen, sie werden dir gefallen."

Etwas später, in der nahen Pension, sah Suresh endlich einige der Gemälde von Rolf. Das Zimmer war überraschend groß und hell, die Staffelei stand fast direkt am Fenster. Den Schreibtisch hatte Rolf ganz in die Ecke gerückt. Er brauchte ihn nicht, sondern Raum, ausreichend Raum, um oftmals durchs Zimmer zu laufen. Nur so konnte Rolf seine kreativen Impulse umsetzen.

Und - er wartete auf Lob, er erwartete Lob. Rolf war von sich überzeugt und sich selbst gegenüber absolut unkritisch. Nur seine Kunst war das, was wirklich zählte. Er sah sie als den Beginn einer neuen Kunstepoche. Und er brauchte andere, die das regelmäßig bestätigten, und Irene war so weit weg. Ja, er wollte am Abend mit ihr telefonieren, sie sollte sein Schaffen mit ihm erleben. Ohne sie fühlte er sich häufig leer, fast ein wenig ausgebrannt. Immer mehr spürte er das, immer mehr vermisste er ihre Nähe.

Er drehte die Leinwände um, die an der Wand standen und sah Suresh erwartungsvoll an.

Suresh war geblendet von dem Kosmos leuchtender Farben, vor allem dem tiefen, fast meditativ wirkenden Blau. Einige Bilder zeigten tantrische Elemente, andere ein wabenartiges Gitter, braun und orangefarben, ineinander fließend.

„Ich wiederhole mich nie, etwas Kreatives schaffen heißt ja auch, Wiederholungen zu vermeiden. Nimm dir Zeit, Suresh. Meine Bilder sollen provozieren, sie sind Ausdruck meines inneren Kampfes. Erst nach einer Weile wirst du das Wechselspiel der

Kräfte erkennen, das ich zeigen möchte, die vielschichtige Energie, die Mumbai vermittelt. Für mich ist Mumbai eine ganz neue Erfahrung. Ich glaube, ich habe sie gut verarbeitet. Um sie mit mir zu erleben, musst du dich in das Wesen meiner abstrakten Malerei versetzen."

Sie schwiegen einige Minuten lang. Suresh war begeistert von der Kühnheit der Farbenspiele, obwohl er die spirituelle Komponente vermisste, die seine eigene Kunst ausdrückte. Dennoch lobte er Rolf uneingeschränkt ohne jegliches Wort der Kritik.

„Deine Bilder sind für mich eine ganz neue Erfahrung und übertreffen meine Erwartungen. Du hast mir in Ubud ja schon Fotos gezeigt, aber die Realität vermittelt erst den richtigen Eindruck. Du solltest versuchen, in Mumbai eine Galerie zu interessieren."

„Ich habe lange um eine eigene Richtung gekämpft, habe experimentiert vom beinahe Gegenständlichen zum Surrealismus, ich wollte eine neue Wirklichkeit schaffen und mich vom sichtbaren Objekt befreien, doch der Surrealismus befriedigte mich nicht.

So also studierte ich die russische Avantgarde, den Suprematismus von Malewitsch und anderen, jedoch war die Leere nicht die Lösung, die ich suchte. Der Farbenkosmos von Jackson Pollack und seine Impasto-Technik entsprachen eher meinen Empfindungen. Nach langem Kampf, nach vielen Experimenten fand ich dann meinen eigenen Weg."

„Suresh, möchtest du ein Bier trinken?"

Sie saßen auf Malhockern, tranken ihr Bier aus der Flasche und Suresh vertiefte sich in die eigensinnige Farbwelt, die Rolf geschaffen hatte.

Rolf bemerkte leichthin: „Gestern saß ich noch spätabends auf einer Steinbank am Meer. Ich hatte die Augen geschlossen, hörte das Säuseln der Palmblätter und ein leichter Wind strich über mein Gesicht. Wie immer hatte die Nacht den Tag überholt, schneller als in meiner Heimat, die Atmosphäre ändert sich so abrupt. Das möchte ich bildlich einfangen, diese besondere sinnliche Stimmung beim Wandel von Licht zu Schatten. Ich habe es in Sarawak erlebt, auf Bali, auch hier, in dieser Ballung städtischen Lebens.“

Suresh hatte zunehmend den Eindruck, dass Rolf ein begnadeter Künstler war, der zu Besonderem befähigt war. Fast schämte er sich, ihm seine eigenen Bilder zu zeigen.

Sein Atelier war nahe der Mangaldas Lane, hoch über dem Menschengewühl des Basarviertels. Rolf hatte sich den Weg erklären lassen, der Taxifahrer empfahl ihm, die letzte Strecke zu Fuß zu gehen. Kleine Textilläden säumten die Gasse. Seiden- und Baumwollstoffe an langen Stangen, Hemden und Kleider, dicht gedrängt in den engen Geschäften, lockten die Käufer.

Rolf schlenderte durch die Menge, ein Maruti-Auto versuchte laut hupend einen Weg zu finden. Auf einer Steinbank im Schatten saßen sechs alte Männer, lebhaft gestikulierend. Rolf war froh, dass es nicht regnete. Die Hitze jedoch schwächte ihn, er ging langsam und wischte sich ständig den Schweiß von der Stirn.

Bei einem Paanwallah blieb er stehen und schaute

zu, wie dieser aus Betelblättern und Gewürzen Paan mischte, das gekaut anregen sollte. Der Paanwallah forderte ihn etwas unwirsch auf, eine Portion zu probieren. Rolf schüttelte den Kopf, nur keine Experimente, er fürchtete schlimme Darmprobleme.

Langsam ging er durch die Memon Street und durch den Schmuckmarkt bis zum Mumba Devi Tempel. Er betrachtete die Farbenpracht der Saris, gelbe und orange Töne überwogen, die frohen Gesichter der Händler, die fromme Hast der Gläubigen beim Tempel und die eifrigen Priester, die auf weißen Decken am Rande des Weges vor Großfamilien bei der Puja-Zeremonie hockten. Ein kleiner Junge erhielt den ersten Haarschnitt, ganz kahl wurde sein Kopf rasiert. Dazu blies ein Priester auf seinem Schneckenhorn.

Am Straßenrand spielten Kinder, in Lumpen gekleidet. Ihre Lebensfreude, ihr herzliches Lachen verwischten den Eindruck der Armut. Rolf packten immer wieder Gefühle zwischen Mitleid und Neugierde. In den wirklichen Slums war er noch nicht. Aber wurde nicht auch dort gelacht, geliebt, getratscht? Entstanden und vergingen nicht auch dort Eifersüchteleien, wuchs nicht auch dort Hoffnung, gab es nicht auch dort Respektspersonen, die geachtet oder gefürchtet wurden? Musste man sich nicht mit der Entbehrung arrangieren, um zu überleben?

Aber das Leben in Armut war doch nicht nur Kampf, es war auch Lachen, auch Spiel, auch Weinen. Wahrscheinlich eskalierten Emotionen schneller, aber sie beruhigten sich auch wieder. Für Empfindsamkeiten blieb wohl wenig Raum. Rolf empfand Zweifel und ein Gefühl der Ohnmacht. Er wusste, auch im Elend kann Kunst entstehen,

Ich muss darüber mit Irene sprechen, dachte er.

Rolf ging weiter, fast mechanisch, in Gedanken versunken. Er erschrak fast, als er einigen alten Männern ausweichen musste, die auf dem Gehweg hockten und ungerührt Karten spielten.

Etwas nördlicher, dort, wo die Straßen ruhiger wurden, fand er schließlich das Apartmenthaus, in dem Suresh wohnte. Ein Haus mit sehr vielen winzigen Wohnungen, ein Chawl, wie es hier hieß.

Suresh strahlte, als er ihn sah: „Willkommen, willkommen, Namaste. Entschuldige die Unordnung. Ich bin Junggeselle und Ordnung ist nicht gerade meine Stärke."

Er lächelte erneut. „Ich sammle Souvenirs. Ich war immer neugierig, begeisterte mich bereits in der Schule für alles. Und ich kann nichts fortwerfen, so häuft sich eben vieles an. Mir wird es auch manchmal zu eng. Dann laufe ich durch die Basargassen der Stadt und trinke irgendwo ein Bier."

Suresh trug ein blaues T-Shirt, eine beigefarbene Leinenhose und Sandalen. Auf dem Hemd von Rolf zeichneten sich nasse Flecken ab, seine Achseln waren feucht, hier störte das nicht. Der nackte Zementfußboden schien die Hitze zu mindern. Ein Ventilator verschaffte Linderung mit einem leichten Luftzug.

Rolf setzte sich auf das schmale braune Sofa. Der Bezug war alt, verschlissen. An der Wand hing ein Gemälde von Suresh: Krishna, der flötende Gott. Wie ein Glücksbote huschte ein Gecko über den Rahmen. Durch das kleine Fenster schien gedämpftes Licht und erfüllte das Atelier mit einem beruhigenden Glanz. Rolf und Suresh saßen schweigend nebeneinander und tranken Tee. Es war still, der Straßenlärm brach sich an der Fensterscheibe und vermochte nicht, in den Raum zu dringen. Die Stille war weich und beruhigend - wie wohltuend, eine Weile zu schweigen.

Suresh stand auf und stellte ein Bild auf die Staffelei, kommentarlos, dann folgte ein zweites, ein drittes.

„Ich lasse mich von indischer Kalligrafie, von Symbolen beeinflussen. Ich versuche, Elemente unserer Kultur zu integrieren und zu allegorischen Kompositionen zu vereinen. Wie ich dir in Ubud erklärte, leiten mich religiöse Szenen, aus dem Ramayana und uralten Überlieferungen und Mythen. Ich liebe starke, kontrastreiche Farben. Ich glaube, alle Inder lieben Farben."

„Das sind schöne Bilder, Suresh. Die poetischen, verträumten Figuren, Götter und Tiere, die in einem Quadrat zu leben scheinen, erinnern mich an Miniaturmalereien und Fresken, die ich in indischen Kunstbänden bewunderte. Die Bilder vermitteln Ruhe und Frieden, ja etwas Mystisches."

„Weißt du, Rodolfo, manchmal fühle ich mich wie

ein Schauspieler, der in immer neuen Rollen auftritt, aber letztlich er selber ist und bleibt. Viele der großen indischen Maler haben mich beeinflusst, trotzdem versuche ich, westliche Vorbilder zu meiden, um etwas typisch Indisches zu schaffen, etwas, das meinem Wesen entspricht."

Wie verschieden waren doch ihre Vorstellungen von Kunst! Ja, Suresh ist begabt, das war offensichtlich. Dessen ungeachtet sah Rolf in seinen Bildern keine wirklich geniale Kunst. Das sagte er allerdings nicht zu Suresh, vielmehr lobte er die Vielfalt der Sujets und Stimmungen, heitere und ernste.

„Rodolfo, malen ist für mich fast so etwas wie ein Gebet. Schau, ich arbeite an einem besonderen Zyklus. Ich versuche die gleiche Göttergestalt in verschiedenem Licht und zu unterschiedlichen Tageszeiten darzustellen: am Tage bei strahlendem Licht, in der Dämmerung etwas verschwommen, im Dunklen kaum erkennbar, in kaltem und in warmem Licht."

Rolf nickte, stand auf und sah sich die kleine Buddhafigur in der anderen Ecke des Ateliers aus der Nähe an, eine Figur, die von gelben Ranken und Blüten umkränzt war.

Suresh runzelte die Stirn und sagte ernst: „Ich versuche nicht nur ein Portrait zu malen, sondern auch den Geist einzufangen, der es beseelt. Das ist mühevoll, ich arbeite an mir. Dabei müssen jedoch die Details der Götterdarstellungen stimmen, das ist wichtig."

Dann ergänzte er, wieder ganz gelöst: „Und in Ubud haben mich die Farben Balis beeindruckt, dieses tiefe Himmelblau, die leuchtenden gelben, orangefarbenen und rosa Töne. Und das Lachen der Frauen."

11

Sie tranken noch ein Glas Tee. Rolf fühlte sich entspannt, die ruhige Stimmung von Suresh` Atelier übertrug sich ebenfalls auf ihn. Er wollte gerne mehr über Suresh erfahren, um ihn besser kennenzulernen.

„Waren es deine Eltern, die dir die enge Bindung an deine Religion vermittelten?"

So kam es, dass Suresh von seinem Vater und ihrer

Pilgerreise nach Haridwar erzählte.

***

Die Erinnerung an seine früh verstorbenen Eltern wurde beständig blasser. Sein Elternhaus in Madras, in Chennai, war geprägt von religiösen Zeremonien. Nur am Wochenende wurde es lebhaft. Seine Onkel und Tanten kamen und blieben bis spät in den Abend und übernachteten gelegentlich. Suresh hatte keine Geschwister, aber durch das Haus tobten immer mehrere seiner Vettern und Cousinen. Er liebte und respektierte seine Mutter, die wohl bereits damals häufig krank war und die er selten sah. Sein Vater kam erst am späten Abend vom Basar nach Hause.

War er zehn Jahre alt oder sogar schon zwölf? Suresh wusste es nicht mehr. Es war Ferienzeit, die Stadt atmete Hitze und Schweiß. Der Vater rief ihn am frühen Morgen herbei: "Pack zwei oder drei T-Shirts, deinen Pyjama und eine zusätzliche Hose in die Reisetasche. Es wird Zeit, dass du mich auf meiner Pilgerreise in den Norden begleitest."

Suresh war aufgeregt, damit hatte er nicht gerechnet. Er freute sich, den Vater einige Tage ganz für sich zu haben und nicht nur für wenige Minuten am späten Abend. Zuunterst in die Tasche legte er drei Bogen weißes Papier und mehrere Buntstifte. Vielleicht fand er ja Zeit für einige Zeichnungen.

Suresh erinnerte sich tagelanger Fahrten in übervollen Bussen und in der Eisenbahn. Die Reise schien kein Ende zu finden. Die anfängliche Aufregung und Erwartung auf Neues wich der Müdigkeit. So weit, so lange war er noch nie gereist. An jeder Bahnstation drängten sich Imbissverkäufer vor den Fenstern und Türen der Abteile. Wieder ein Bahnhof und dann endlich die befreiende Stimme seines Vaters: "Wir steigen aus! Wir sind angekommen, hier ist Haridwar."

Mit einer Fahrradriksha fuhren sie durch enge belebte Gassen. Bunte Tücher hingen vor den kleinen Geschäften, Autos zwängten sich durch die Menschenmengen, Fahrräder und Holzkarren. Suresh saß ganz dicht bei seinem Vater, der einen langen weißen Dhoti trug. In der Erinnerung war der Vater groß und kräftig, mit einem markanten Schnurrbart. Die Reisetasche hatten sie vor ihre Füße gestellt. Der Rikschafahrer blickte von Zeit zu Zeit nach hinten zu seinen Fahrgästen. Er lachte, seine weißen Zähne blitzten, sein Hemd war verschwitzt.

Sie hielten vor einem Gästehaus, ganz in der Nähe eines Flusses. Suresh vermutete, dass das der heilige Ganges war, der in Haridwar von den Vorbergen des Himalaya in die große Ebene floss. Ihr Zimmer war eng und laut. Der Vater öffnete das Fenster zu der lebhaften Straße, es wurde noch lauter, aber der Windhauch vertrieb den Schweiß.

"Heute ruhen wir aus. Nach dem Duschen essen wir etwas Gemüsecurry, schlafen früh, wir brauchen Ruhe nach der langen Reise."

Suresh konnte nur wenig essen, er war so müde, stattdessen trank er eine große Flasche Zitronenlimonade.

An den nächsten Tag erinnerte er sich lebhaft. Nach dem Frühstück registrierte der Vater ihre Reise bei einem Panda, einem Familienpriester, der alle Wallfahrten der Familie seit Generationen in dickleibigen Folianten festhielt und den der Vater von früheren Reisen kannte.

"Schon dein Großvater und dessen Vater waren mit der Familie des Pandas vertraut, er ist fast so etwas wie ein Verwandter."

Dann wurde es spannend. Er fuhr mit seinem Vater in einem Sessellift auf den Vilwa Parvat Berg zum Mansa Dewi-Tempel. Suresh war ganz aufgeregt. Die Angst durch die Luft zu gleiten, legte sich schnell, er presste sich dicht an seinen Vater; auf dem schmalen Sitz konnten sie ohnehin nur eng nebeneinander sitzen. Von oben hatte man einen weiten Blick, da lag Haridwar, winzig, und dort schlängelte sich der Ganges.

Wie die Mehrzahl der Pilger legte der Vater Blumen vor die heiligen Statuen des Tempels und befestigte bunte Fäden an einem Wunschbaum, die ein Priester vorher an einer niedrigen Flamme geweiht hatte. Es roch nach Blüten und Weihrauch. Ganz schnell, viel zu schnell für Suresh, ging die Fahrt wieder hinunter.

Danach mussten sie zu Fuß laufen. Die farbenfrohen Basarstraßen waren eng und kurvig. Die beiden schlängelten sich durch die vielen Pilger zu dem heiligen Ghat am Ufer des Flusses, Hairi-ki-pairi Ghat, Suresh erfuhr erst Jahre später den Namen. Er erinnerte sich, wie der Vater zusammen mit anderen Männern, die alle nur eine kurze Hose trugen, dreimal in den Ganges tauchte, eine ernste, eine heilige Handlung.

Und am Abend dann die feierliche Verehrung der Göttin Ganga, der Göttin der Reinheit, die Aarti-Zeremonie am Brahma Kund, die jeden Abend bei Einbruch der Dämmerung stattfand. Suresh musste seine Schuhe ausziehen. Er hatte Mühe, neben seinem Vater zu laufen, und musste vorsichtig sein, denn der Steinboden und die vielen Stufen waren zum Teil sehr glitschig.

Es wimmelte von Pilgern, gelegentlich sah er einen Sadhu mit dem Dreispitz Shivas oder einen Gläubigen bei seinen asketischen Yogaübungen. Gegen Abend sangen die Pilger heilige Hymnen, Öllampen wurden geschwenkt, Muschelhörner und Gongschläge erklangen, dazu Glocken und Trommeln, alles vermischte sich zu einem harmonischen Klang. Der Vater opferte Blumen und Obst.

Es wurde dunkler, schon trieben kleine Blumen-bouquets mit brennenden Öllampen wie Schiffchen auf dem Fluss. Feuer loderten auf, der Gesang wurde lauter, eine feierliche Atmosphäre geprägt von mystischen Mantras, wie sie Suresh noch nie erlebt hatte, ein tiefer Eindruck, dem er sich nicht entziehen konnte und der sich fest in die Erinnerung gravierte.

Mit einer Rikscha fuhren sie zurück in ihr Gäste-haus, der Fahrer war klein und dünn, aber zäh und drahtig. Der Vater hatte ihn wohl gut bezahlt, Suresh sah, wie er immer wieder die Banknoten zählte und dabei herzlich lachte.

Etwas später, im Restaurant, versuchte der Vater ihm heilige Mantras zu erklären, vor allem das heiligste von allen, die mystische Silbe Om. Sein Vater machte ihm das Mantra mehrfach vor, ein dumpfer lang gezogener Klang vom Bauch hochgezogen bis oben zur Stirn, dort wo das "Dritte Auge" zwischen den Augenbrauen alle Kräfte sammelt.

Suresh verstand das alles nicht wirklich. Der Vater war indes so geduldig, und schließlich begriff wohl Suresh, dass diese Mantras alle Kräfte vereinen, dass der Klang Schöpfung ist. Suresh erinnerte sich nicht mehr, ob er das damals tatsächlich so verstand oder ob das Verstehen erst später kam. Er wusste jedoch, dass die feierliche Zeremonie ihn ganz gepackt hatte, dass er aufgeregt und leicht verwirrt war.

Der Vater sagte: „Denke in Liebe an die Göttin Ganga, schon die Gedanken an Mutter Ganga läutern die Sünden."

Das Restaurant war klein und überfüllt, auf den Tischen schwirrten Fliegen. Niemand verscheuchte sie. Der Kellner trug ein weißes Hemd und eine graue Hose. Er war so dünn, wahrscheinlich durfte er nicht einmal genügend Reste aus der Küche verzehren. Sein öliges Haar glänzte im Schein der schwachen Lampe an der Decke. Er tat Suresh Leid.

Hier wurde nur vegetarisches Essen serviert. Das störte Suresh nicht, denn zu Hause aßen sie ja nur vegetarische Kost.

"Das ist hier überall so, in jedem Restaurant,

Haridwar ist eine heilige Stadt", erläuterte der Vater.

Der Vater achtete streng auf die Harmonie de Lebensmittel, keine sauren Speisen, abends kein Joghurt, obwohl Suresh ihn darum bat.

"In Haridwar musst du Selbstkontrolle üben, nur dann kannst du dich mit reinen Emotionen den Göttern hingeben."

Suresh wusste, dass es ihm an der richtigen inneren Haltung fehlte, dass es ihm an meditativer Konzentration mangelte. Er vermeinte seine Schwächen zu kennen, aber auch später ging er nicht den Weg der Askese. Sein Vater, ebenso die Mutter, waren viel stärker religiös geprägt.

"Wir haben Glück, Suresh, es ist Vollmond, ein besonderer Abend. In solchen Nächten sehen die Götter klarer. Schau, das Licht verliert sich am Horizont, alles wirkt größer, geheimnisvoller - dieser unendliche Himmel."

Und etwas später: "In Haridwar wird der Gott Shiva verehrt, Shiva ist auch der Nacht und dem Mond verbunden und den Bergen. Nicht weit von hier erheben sich die Hügel und Berge des Himalaja. Dort kann man Ruhe finden und du kanns in dir Frieden spüren. Deshalb fahre ich einmal im Jahr in den Norden. Überall ist Gott, im Hellen, im Dunklen, er träumt das Leben, die ganze Welt ist sein Traum."

Die Rückfahrt erschien Suresh noch länger als die Hinfahrt. Der Vater erzählte Geschichten aus dem reichen Schatz der Mythen und Epen, vor allem aus dem Mahabharata, dem uralten heiligen Epos mit über 100.000 Strophen. Jahre später waren Teile davon für Suresh Inspiration und Anregung für seine Gemälde.

Sie aßen Bananen, kauften sich ab und zu an den Bahnhöfen Currygerichte, und oftmals praktizierte der Vater mit Suresh einfache Pranajama, Atemübungen.

Für Suresh blieb die Erinnerung an ein prägendes und faszinierendes Abenteuer und vor allem die Nähe zu seinem Vater. Es sollte die einzige Reise bleiben, bei der er seinen Vater ganz alleine für sich hatte. Nur wenige Monate später starb der Vater auf

einer geschäftlichen Reise nach Mumbai, nur ein
Vierteljahr vor der Mutter.

Suresh reiste nicht wieder nach Haridwar, der Ort
blieb für ihn nicht nur etwas Heiliges, sondern auch
etwas Besonderes, eng verbunden mit der Liebe und
Achtung zu seinem Vater. Jahre später malte er aus
der Erinnerung ein Bild der Ghats, der heiligen Bade-
plätze von Haridwar, in warmen dunkelbraunen
und rötlichen Tönen.

***

Es wurde dämmrig, das Licht verebbte. Rolf wollte
zurück in seine Pension, um Irene anzurufen. Es
würde nicht schwer sein, ein Taxi zu finden. Sie tranken ein weiteres Glas Tee. In der abendlichen Stille
vernahm Rolf das monotone Geräusch der Straße.

Müde, mit schweren Beinen, erreichte er seine
Pension. Vielleicht war er am Nachmittag zu lange
gelaufen. Er humpelte leicht, als er das Zimmer betrat. Am Schrank stieß er sich den Ellbogen. Das war
ihm noch nie passiert. Endlich konnte er seine Beine

auf den Tisch legen. Entspannt griff er nach dem Telefonhörer.

12

Rolf stand am Fenster des Zimmers in seiner Pension. Es war Mittagszeit, ein fader Currygeruch zog durch die Fensterritzen. Der Deckenventilator drehte seine langsame Runde. Das Zimmer hatte keine Klimaanlage, war jedoch relativ kühl, wie viele Räume in Altbauten mit hohen Decken. Die weiß gekalkten Wände vermittelten ein Gefühl der Frische. Um diese Zeit war die Luft in Mumbai brütend heiß und feucht.

Das Fenster war groß, die Aussicht eher enttäuschend - eine enge Gasse, einige Marktstände. Frühmorgens eilten weiß gekleidete Inder und Frauen in schlichten Saris in Richtung der Churchgate Station, des großen lebhaften Bahnhofs, und abends zurück in die Gegenrichtung. Nur wenige Autos quälten sich durch die Gasse. Das undefinierbare Stimmengewirr, ein auf- und abschwellender Ton ersetzte die Jazzmusik, die Rolf noch nicht wieder angestellt hatte. Nachts war es hier ganz ruhig.

Rolf trat an seine Staffelei. Dass er beim Malen schwitzte, störte ihn kaum. Er war ganz konzentriert, komponierte neue Formen, die aus Myriaden kleiner bunter Striche entstanden. Erneut experimentierte er mit Farben. Es war ein Tag, an dem er ohne lange Pausen arbeitete, ab und zu nur stand er auf, trank ein Glas Wasser, lief durch das Zimmer und stellte die Jazzmusik doch an. Miles Davis' Improvisationen. Die brauchte er jetzt.

Da waren aber auch Tage, an denen er lange vor seiner unfertigen Leinwand saß, unentschlossen, bis er abrupt aufstand, nach draußen eilte - er suchte die Nähe anderer Menschen. Dann rief er Suresh an, häufig trafen sie sich im Tea Centre, schlürften an ihrem Tee. Rolf liebte die gedämpfte, etwas altmodische Atmosphäre, und die Diskussionen lenkten ihn ab. Wenn Suresh keine Zeit hatte, malte oder Freunde besuchte, ging er alleine in das Tea Centre. Die freundliche Bedienung aus Assam kannte ihn bereits.

An manchen Tagen saßen Rolf und Suresh bis

zum späten Abend zusammen und sprachen über indische Künstler, deren Gemälde sie in Ausstellungen gesehen hatten. Für beide waren es anregende Stunden.

„Suresh, wie kam bei dir eigentlich der Durchbruch zur professionellen Malerei? Ich weiß, dass du die renommierte Sir J.J. School in Mumbai besucht hast, aber wie kam es dazu?"

„Das verdanke ich vor allem meinem Onkel Ravi. Ich erzähle dir gern davon."

***

Suresh wuchs im Haus seines Onkels Ravi auf, der, wie der Vater, mit Stoffen handelte. Ravi, einige Jahre jünger als der Vater, war klein, rundlich und lachte gerne. Er war streng, freute sich jedoch, dass Suresh in der Schule fleißig und wissbegierig war. Seine Tante war ebenfalls stolz auf ihn. Sein Onkel wollte gerne, dass auch er Stoffhändler wurde. Suresh hatte hingegen andere Träume und Pläne.

Die Malerei ließ ihn nicht los. Seine Gedanken

kreisten um Farben, um Motive, um Möglichkeiten, Landschaften und Menschen auf die Leinwand zu bannen. Sein Onkel respektierte diese Leidenschaft. Ravi konnte Bilder nicht wirklich beurteilen. Er war jedoch bereit, Suresh eine Chance zu geben und sein Talent testen zu lassen. Kurz vor Abschluss der High School, kurz vor der geplanten Ausbildung zum Stoffhändler, sollte Suresh die Möglichkeit haben, der ganzen Familie zu beweisen, ob er begabt sei oder nicht.

Suresh versuchte stets, sich in seine eigene Welt zurückzuziehen, um zu malen, meistens am Wochenende, manchmal erst am späten Abend. Das war nicht einfach, er war eingebunden in das lebhafte Umfeld seiner Großfamilie, seiner Onkel und Tanten. Er brauchte Ruhe, die er nur selten fand, am ehesten noch gelegentlich am Meer mit seinem Skizzenbuch.

Er versuchte, Heilige zu malen, Familien am Strand und in den Basargassen. Er malte Aquarelle und zeichnete viel, ganze Blöcke voller Skizzen. Die Malerei wurde immer mehr zu einer wirklichen

Obsession.

Er wusste, dass er seinen Onkel Ravi und den Rest der Familie nur durch ein gelungenes Ölgemälde überzeugen konnte. Er war bereits Anfang zwanzig, die Schule lag hinter ihm, die Entscheidungen drängten. Dann aber bekam er seine große Chance.

An vielen Abenden aß er im Sikhara-Restaurant, nicht weil es ihm bei seiner Tante nicht schmeckte, sondern um eine andere Atmosphäre zu erleben, um für Stunden der familiären Unruhe zu entkommen. Der Wirt berechnete angemessene Preise, die sich Suresh leisten konnte. Jedes Mal, wenn er dort saß, sah er an einem der kleinen Holztische am Fenster einen älteren Herrn, der jeden Abend zwischen sieben Uhr und acht Uhr in das Restaurant kam und dort seinen vegetarischen Curry löffelte. Er schien der einzige Stammgast zu sein, die anderen Gäste wechselten häufig.

Mitte Oktober, der Monsun hatte sich verzogen, erwartete Chennai Diwali, das Lichterfest. Alle Häuser waren gereinigt, innen und außen dekoriert, die Wände getüncht, fröhliche Menschen befestigten überall winzige Glühbirnen, vor den Fenstern brannten Kerzen und vereinzelt Diyas, die romantischen irdenen Öllampen.

Erwartungsvoll blieben Haustüren unverschlossen, vielleicht würde Lakshmi, Göttin des Reichtums, der Familie Gesundheit und Wohlstand bringen. Die Kinder erwarteten voller Spannung das abendliche Feuerwerk und freuten sich über die Süßigkeiten.

Am Rande des Basars dufteten Jasminblüten. Abends drängelte die Menge durch die schmalen Gassen. Es war die Zeit der Straßenverkäufer, der spontanen Einkäufe, noch schnell ein kleines Geschenk für Freunde, für Verwandte.

Der ältere Gast sah müde aus, vielleicht sogar etwas traurig, so als freue er sich nicht auf das Lichterfest. Sein langes Lendentuch, sein weißer Dhoti, war makellos sauber. Er aß langsam, jeden Löffel genießend, bestellte eine zweite Portion. Suresh lächelte ihm zu, er schien ihn nicht zu bemerken. Schließlich sprach Suresh ihn an, sie seien ja wohl die einzigen regelmäßigen Gäste. Der alte Herr freute sich.

"Ich bin schon siebzig Jahre alt, seit mehr als fünfzig Jahren verkaufe ich Armreifen und gelegentlich Fußringe. Abends esse ich gerne meinen Curry in diesem kleinen Restaurant. Meine Schwiegertochter kocht fast nur Fleischgerichte, aber ich bin nun mal Vegetarier," vertraute er Suresh an. "Ich heiße Govinda."

Suresh stellte sich ebenfalls vor. Ihr Gespräch verlief sich in allgemeinen Bemerkungen über die Qualität des Essens, beide lobten die Currygerichte. Dann hatte es Govinda eilig, nach Hause zu gehen.

Am nächsten Morgen machte Suresh einen Spaziergang in der Nähe seines Elternhauses und schlenderte gemächlich an den gepflegten Häusern vorbei. Er war überrascht, Govinda zu sehen, sein langer nasaler Ruf "Va-la-yal" war nicht zu überhören. An einem breiten Gurt an seiner Schulter hing ein beachtlicher Kasten aus Zink, darin trug er wohl seine Armreifen. Der Kasten zeigte Spuren alter Bemalung, abgenutzt, aber immer noch schön.

Sein Gang war kräftig, etwas zur Seite gebeugt, der Kasten schien schwer zu sein. Sein lockerer Turban, der Mundas, sein voller weißer Bart, sein ernster Blick gaben ihm etwas Würdevolles. Nur seine Sandalen, groß und klobig, verrieten die dörfliche Herkunft. In der rechten Hand trug er einen schwarzen Schirm, als Schutz vor der brennenden Mittagssonne.

"Va-la-yal" erklang es und schon bald bewunderten erwartungsvolle Frauen seine Reifen. Diwali, die Zeit der Geschenke war sicherlich ein Höhepunkt im rastlosen Jahr Govindas.

Govinda hockte am Boden, neben ihm der Kasten. Geschickt schob er zwei älteren Frauen in bunten Saris delikate Armreifen aus Glas auf die rechten Handgelenke. Die Hände der Frauen berührte er nur sanft, fast zärtlich.

Suresh nickte ihm freundlich zu, der andere erwiderte den Gruß und wandte sich wieder aufmerksam seinen Kundinnen zu.

Abends, im Sikhara, setzte sich Suresh an seinen Tisch und versuchte geduldig eine Unterhaltung. Ihn faszinierte das markante Profil des alten Mannes. Gerne würde er ihn malen.

Zögernd erzählte Govinda: "Ich hatte einen langen, mühseligen Tag. Um fünf in der Früh bin ich aufgestanden, habe gebetet, wie jeden Morgen, und eiskalt gebadet. Das sollten Sie ebenfalls tun, das ist wichtig, um gesund zu bleiben. Nie bin ich erkältet, nicht einmal an feuchten Monsuntagen. Dann male ich mein "naman" auf die Stirn, das schützt vor allem Ungemach. Selbst wenn ich mittags schwitze, bleibt das "naman" unversehrt, darauf muss man gut achten."

Govinda aß einige Löffel von seinem Curry und wurde langsam gesprächiger.

"Den morgendlichen Tee genieße ich an dem kleinen Teestand nahe meiner Wohnung, lachen Sie nicht, jeden Morgen das gleiche Ritual, das ist so meine Gewohnheit. Meine Schwiegertochter und deren Kinder schlafen ohnehin sehr lange, da muss ich eben den Tee alleine trinken, denn um halb sieben beginnt mein Arbeitstag."

"Jeden Morgen?"

"Ja, jeden Morgen, bis zum frühen Nachmittag mache ich meine Verkaufsrunde, anschließend esse ich etwas zu Hause, natürlich nur vegetarisch, aber das weiß meine Schwiegertochter. Mittags ist das kein Problem. Ich esse immer reichlich, das brauche ich, denn ich laufe täglich über dreißig Kilometer mit meinem schweren Kasten. Ich habe mehr als viertausend Kundinnen."

Er schmunzelte. "Die kaufen selbstverständlich nicht regelmäßig."

Das gemeinsame Abendessen wurde zu einem Ritual. Suresh und Govinda waren entspannt, Govinda machte es Freude, von seinem Leben zu erzählen.

"Nachmittags ruhe ich mich aus, das heißt von schlafen halte ich nichts, das nähme mir die Frische. Ich brauche nur ein bisschen Stille, kein Radio, kein Fernsehen. Es kommt vor, dass meine Schwiegertochter oder die Kinder das Radio laut aufdrehen, in dem Fall versuche ich mich auf etwas anderes zu konzentrieren. So um vier Uhr nachmittags, wenn die Mittagshitze abebbt, mache ich meine zweite Verkaufsrunde."

"Muss denn das sein, in Ihrem Alter?"

"Die Arbeit kommt doch vor dem Essen. Wie kann ich sonst hier jeden Abend meinen Curry genießen? Nur ganz selten bin ich nachmittags zu müde, dann esse ich abends nichts. So muss es sein, so ist es nun mal."

"Und nach dem Essen, sehen Sie dann fern?"

"Nein, nur ein kurzes Gebet, ein weiteres kaltes Bad, um neun Uhr schlafe ich meistens. Lesen fällt mir schwer, ich habe nur die ersten drei Schulklassen besucht. Manchmal spiele ich mit meinen Enkelkindern, die sind auch abends recht munter, ihre Nähe hält mich jung. Und wenn wir einmal Besucher haben, verabschiede ich sie früh, ich muss schließlich um fünf Uhr wieder frisch sein."

Als die Stadt Diwali feierte und fröhliche, ausgelassene Familien die Straßen belebten, Restaurants und Geschäfte überfüllt waren, traf Suresh seinen neuen Bekannten mehrere Tage nicht. Suresh blieb während der Feiertage bei seiner Familie, spielte mit seinen Onkeln Karten und nahm frühmorgens ein traditionelles Ölbad. Es war ein fröhliches Fest. Die Lichter erleuchteten nicht nur die Häuser, sondern auch die Herzen.

Am Ende der Feiertage besuchte Suresh erneut das Sikhara-Restaurant. Dort, an seinem Stammtisch, saß Govinda, nickte ihm zu, aß seinen Gemüsecurry und schaute auf die Passanten vor der grauen Fensterscheibe. Suresh setzte sich zu ihm.

"Diwali ist immer ein besonderes Ereignis, abends nach meiner langen Verkaufsrunde hocke ich nahe des Basars, breite meine Armreifen auf einem weißen Tuch aus. Das lohnt durchaus, neue Kundinnen kommen, kaufen spontan, besonders die schönen Armreifen, die aus buntem Glas oder vergoldete – während der Diwali-Tage ist der Preis nicht so wichtig.

Nun wird es Zeit, wieder die alte Routine zu finden, meine Kundinnen erwarten mich schon."

"Kennen Sie denn die Namen ihrer Kundinnen?"

"Die meisten ja, ich kenne sie seit vielen Jahren. Einige sagen sogar, ich sei ihr Onkel mütterlicherseits, natürlich ist das ein Märchen, aber ich darf ihr Vertrauen nicht enttäuschen. Ich bleibe ehrlich, ich bin stolz darauf. Ich beherrsche mich, auch wenn ich ihre Hände ergreife, um ihnen einen Reifen überzustreifen. Manchmal kommt es vor, dass eine Hand meine Hand drückt, dann lächle ich freundlich, ohne den Druck zu erwidern. Mein Ruf ist mir wichtig. Selbst nach so vielen Jahren bezaubert mich der Klang der Armreifen, sie klingen wie Glocken an den Handgelenken, so feminin."

Am nächsten Abend brachte Suresh ihm einen kleinen Karton mit indischen Süßigkeiten. Govinda lächelte nur kurz, danach wurde er ernst, schien bedrückter als an anderen Tagen.

"Ich hatte heute kein Glück, wohl habe ich gut verkauft, aber da waren zu viele mangelhafte Armreifen, schwach und brüchig. Ein so harter Tag und ein so geringer Verdienst. Der reicht kaum für den abendlichen Curry. Leider ist die Qualität der Armreifen nicht mehr so einheitlich wie früher."

Govinda verzog die Falten auf seiner Stirn.

"Früher habe ich nur solide Ware aus dem Norden, aus Agra gekauft, aber die Preise steigen immer schneller und die Kunden wollen grundsätzlich nur die alten Preise zahlen, da kann ich einfach nicht mehr so wählerisch bei der Qualität sein. Das ist schade, das bedrückt mich."

Wie jeden Abend tranken Suresh und Govinda ihren Tee nach dem Essen. Sie ließen den Tag schweigend ausklingen.

Erst spät nahm Suresh das Gespräch wieder auf: "Und gibt es auch so etwas wie Design-Trends?"

"Ah, das ist auch so ein Problem. Die jungen Frauen bevorzugen neue, moderne Formen. Die verkaufe ich hingegen ungern, die Reifen sitzen lose am Handgelenk, viele sind so leicht, zerbrechen schnell. Dann sind meine Kundinnen unglücklich. Das mag ich nicht."

Govinda schwieg, blickte auf die dunkle Straße. Wie zum Abschied sagte er: "Ich liebe den Ton der alten Glasreifen, wenn sich die Frauen bewegen, das ist die schönste Musik."

Suresh fiel auf, dass Govinda selbst an erfolgreichen Tagen nun ernst blieb, mitunter wirkte er sogar etwas traurig. Eines Abends fasste er Mut und sprach ihn darauf an.

Govinda schien überrascht und murmelte ganz

leise: "Wissen Sie, die Frauen machen uns Männern das Leben so schwer."

Suresh war erstaunt, das von Govinda zu hören.

"Aber Ihr Leben kreist doch darum, Frauen eine Freude zu bereiten. Überall sind Sie gern gesehen, wie ein guter Freund, fast schon wie ein Lieblingsonkel."

Govinda schüttelte langsam seinen Kopf.

"Meine Frau hörte mir niemals zu. Sie fragte nicht nach meiner Arbeit, nach dem, was ich tat und dachte. Ich war so einsam. Sie interessierte nur mein Geld, ihr eigenes Wohlbefinden. Nun sind es bald zwanzig Jahre, seit sie mich verließ. Sie wohnt seitdem bei einem unserer Söhne. Es geht ihr gut, trotzdem geht sie mir bewusst aus dem Weg.

Ich kann ihr nicht vergeben. Ich vermisse sie nicht, denn sie hat unsere Familie zerstört. Und ist es nicht so, dass eine zerbrochene Familie einem zerbrochenen Armreifen gleicht, der keinen harmonischen Klang zu erzeugen vermag?"

Seine Augen wurden feucht, sein Blick melancholisch.

Am nächsten Abend war er ausgeglichener. Suresh erzählte ihm von seiner Liebe zur Malerei. "Ich möchte Maler werden. Seit einigen Jahren zeichne ich, hier in der Stadt und am Wochenende häufig am Meer. Seit einigen Wochen experimentiere ich mit Farben. Ich möchte gerne ein großes Ölbild malen.

Ich traue mich kaum, Sie zu fragen, am liebsten würde ich Sie malen, möglichst bei einem Gespräch mit einer Ihrer Kundinnen, zusammen mit Ihrem Kasten voller Armreifen."

Suresh erwartete ein heftiges Kopfschütteln und war überrascht, als Govinda herzhaft lachte.

"Das würde mich sehr freuen, ich kann auch ganz ruhig sitzen. Für mich ist das eine ganz neue Erfahrung, man hat mich noch nie gemalt. Ich kann mich daran erinnern, dass von mir ein Hochzeitsfoto gemacht wurde, das Bild hat meine Frau mitgenommen. Sonst wurde ich nie abgebildet. Ein Gemälde, welche Vorstellung!

Nun, eine schöne Idee ist das. Wir könnten das hier in diesem Restaurant machen. Der Wirt wird wohl ab und zu zuschauen und wahrscheinlich sind überdies einige der anderen Gäste neugierig, doch das wird Sie sicherlich nicht stören. Mit meinen Kundinnen hätten wir hingegen ein Problem, die wollen bestimmt nicht mit mir gemalt werden. Viele gehören der Oberschicht an - was würden ihre Männer von ihnen denken! Vielleicht kann sich ja eine Ihrer Verwandten zu mir hocken. Oder Sie müssen Ihre Fantasie bemühen und aus der Erinnerung malen."

So also entstand in den folgenden Tagen sein erstes großes Ölgemälde. Dem Wirt machte es ebenso sehr Spaß wie Govinda. Suresh wählte eine gedämpfte Abendstimmung mit dunklen Farben, nur die Armreifen leuchteten in brillantem Rot, Grün, Blau und Gelb. Der Gesichtsausdruck von Govinda hatte eine verführerische Aura, die Augen der weiblichen Kundin - von Suresh aus der Fantasie geschaffen – glänzten erwartungsvoll.

Suresh nahm sich Zeit für das Bild. Govinda war so geduldig und späterhin ganz aufgeregt, als das Bild immer klarere Konturen annahm. Endlich war Suresh zufrieden.

Stolz, aber auch etwas verlegen, zeigte er es seinem Onkel und seiner Tante. Ravi betrachtete das Bild lange, erst mit Abstand, dann ging er ganz nahe an die Leinwand.

"Das ist ja ein alter Armreifenverkäufer mit einer seiner Kundinnen. Ich glaube, ich habe ihn schon einmal hier in der Nähe gesehen. Wie kommst du bloß auf so ein Motiv? Und hast du das ganz alleine gemalt?"

"Ja, Onkel, im Sikhara-Restaurant."

Ravi war verblüfft.

"Ich muss dein Gemälde meinem Freund Krishna Zeigen. Du weißt ja, er besitzt die 'New Gallery', er kann besser als ich beurteilen, ob du wirklich begabt bist."

Die Tante war begeistert: "Ich finde das Bild sehr schön, es ist mit so viel Gefühl gemalt." Und zu Ravi gewandt: „Wir müssen dafür sorgen, dass Suresh eine künstlerische Ausbildung erhält."

Sie schmunzelte. "Jetzt wissen wir, wo du deine Abende verbracht hast."

13

Krishna hatte schütteres Haar mit grauen Schläfen, er ging etwas gebeugt, immer schien er ernst zu sein, aber er war stets hilfsbereit und sofort damit einverstanden, sich das Bild anzuschauen.

Suresh verbeugte sich vor ihm und begrüßte ihn mit gefalteten Händen. Krishna schwieg, volle fünf Minuten lang. Suresh hatte feuchte Hände, wurde zunehmend nervöser.

Krishna sprach langsam: "Suresh hat Talent, hat Potenzial. Das ist offensichtlich. Um auch Erfolg zu haben, muss er seine Kreativität in eine eigene Richtung lenken. Es gibt so viele Maler, nur wenige sind erfolgreich. Es kommt darauf an, eine eigene künstlerische Identität zu entwickeln, um die Aufmerksamkeit des Kunstmarktes zu gewinnen."

Und direkt zu Ravi gewandt: "Warum sind einige indische Künstler wie F.N. Souza, M.F. Husain, Vasudeo S. Gaitonde, Syed Haider Raza und andere international so erfolgreich und erzielen Spitzenpreise bei Sotheby's und Christies in New York? Weil sie zu einem ganz eigenen Stil gefunden haben, der indisch geprägt ist und dennoch die internationale Moderne einschließt.

Wir haben so viele ungewöhnliche Themen, denk nur an die zahllosen Mythen. Unser Fühlen und Denken bewegt sich in einem ganz besonderen Kosmos. Die internationale Kunstszene honoriert das. Selbst bei uns gibt es immer mehr Kunstgalerien, vor allem in Mumbai. Das ist Chance und Herausforderung zugleich."

Die Tante brachte Krishna eine Tasse süßen Tee mit Milch. Dazu knabberten sie Kekse.

"Suresh, bist du bereit zu lernen? Das ist unerlässlich, Malerei ist auch Handwerk. Du solltest andere Maler treffen, in Delhi das 'Museum of Modern Art' besuchen, Kunstbücher studieren und verschiedene internationale Stile kennen lernen. Du musst dich mit der Geschichte der Malerei beschäftigen. Nur wenn du weißt, was andere Künstler geschaffen haben, kannst du deinen eigenen Stil entwickeln."

Suresh war aufgeregt: "Ich glaube fest an meine Kunst. Ich zeichne seit vielen Jahren Menschen,

Märkte und Straßen. An Ölbilder habe ich mich erst jetzt herangewagt. Ich möchte gerne unter Anleitung lernen, der Kunstunterricht in der Schule war doch sehr oberflächlich."

Krishna unterbrach ihn: "Ravi, das ist natürlich eine Entscheidung eurer Familie. Ich würde empfehlen, dass Suresh nach Mumbai geht, um an der 'Sir J.J. School of Fine Arts' Kunst zu studieren. Das wird zwar nicht billig, denn J.J. ist die renommierteste Kunstschule, staatlich, aber sehr professionell geführt. Viele der bekannten Maler haben dort studiert."

Einige Tage später beschloss die Familie, den Vorschlag von Krishna zu befolgen. Ravi würde mit Suresh nach Mumbai fahren, um alles zu arrangieren. Er musste sowieso bald nach Mumbai reisen und mit mehreren großen Textilhändlern verhandeln.

Suresh lud Govinda zu einem opulenten Essen in einem schönen Restaurant ein - als Dank für seine Geduld und die interessanten Gespräche. Suresh versprach, bei jedem seiner zukünftigen Besuche in Chennai einen Abend mit Govinda im Sikhara-Restaurant zu verbringen. So blieben sie in Kontakt und Govinda hätte die Möglichkeit, seine Karriere zu verfolgen.

Die Va-la-yal Rufe von Govinda klangen lange in den Ohren von Suresh. Immer wenn er diese hörte, besann er sich seines ersten großen Erfolgs an jenem heißen Tag in Chennai.

***

„Rodolfo, so kam es also, dass ich nach Mumbai kam und die Sir J.J. School besuchte. Das waren wahrlich inspirierende Jahre. Bereits in den ersten Monaten traf ich den Maler Prabhakar M. Kolte, ein bleibender Eindruck. Er vermittelte uns Schülern die innere Freude, die das Schaffen eines Kunstwerkes bewirkt.

Meinem Onkel Ravi habe ich alles zu verdanken. Er ist mit mir nach New Delhi gereist. Dort sah ich die Bilder der indisch-ungarischen Malerin Amrita Sher-Gil, die 1941 ganz jung starb, noch nicht einmal 29 Jahre alt und die so viele Meisterwerke schuf. Hast du jemals Bilder von ihr gesehen?"

„Ja, ich sah eine Ausstellung mit einigen ihrer schönsten Gemälde. Sie war ja eine halbe Ungarin aus einer angesehenen Familie und ihr Vater ein bedeutender Fotograf aus einer aristokratischen Sikh-Dynastie. Amrita mischte europäische Erfahrungen mit indischen Eindrücken, von der Miniaturmalerei und den buddhistischen Felsenbildern beeinflusst. Auch ich schätze ihre Gemälde."

„Für mich wurde sie zu einem unerreichbaren Idol. Ich liebe die schönen schlanken Menschen auf ihren Bildern, silhouettenhafte Gestalten, die irgendwie traurig und verloren wirken, und ebenso die besonderen Farben, rotbraun, dunkle Orangetöne, pfauenblau, grünlich. Kennst du die Bilder mit den in sich ruhenden, ländlichen Menschen, 'Hill Men' oder 'The Ancient Story Teller'? Sie hängen im 'Museum of Modern Art' in New Delhi." Ich stand stundenlang davor und habe die Maltechnik studiert."

Inzwischen waren sie die einzigen Gäste in dem Restaurant. Suresh war am Ende seiner langen Erzählung angekommen und fügte hinzu: „Schon in der Kunstschule habe ich mit Ölfarben experimentiert, später mit Acrylfarben und Gouachemalerei. Immer fand ich wieder zu den indischen Mythen.

Viele Abende las ich im Ramayana und im Mahabharata und versuchte dann, das Gelesene in Bilder
umzusetzen. Bis heute vertiefe ich mich in die alten
Epen."

Es war Zeit zu gehen. In den nächsten Tagen
wollten sie sich erneut treffen, um ihre Eindrücke
durch gemeinsame Besuche in Galerien weiter zu
vertiefen.

14

Während der nächsten Tage blieb Rolf in seinem Zimmer. Er malte verbissen und suchte nach einem neu-
en ungewöhnlichen Stil. Drei Tage später verließ er
am Abend seine Pension. Er rief vorher Suresh an,
doch für den Freund war es zu spät:

„Mein Tag war lang und anstrengend. Wir können uns übermorgen im Tea Centre treffen. Ich arbeite gerade ganz intensiv an einem neuen Bild, das ist
wichtig für mich."

Die Straßen waren leerer als an anderen Tagen.
Es regnete monoton, ein sanftes Rauschen, das be-

ruhigte. Die Straßenlaternen versteckten sich hinter feinen Dunstschleiern. Rolf ging bis zum Marine Drive, das Wasser wirkte weich und bleiern, eine blasse Feuchte umhüllte die Uferpromenade. Die Luft war schwer und drückend. Der blinde Losverkäufer, der stets vor dem alten grauen Gebäude hockte, tat ihm leid, er konnte sich nicht vor der Nässe schützen. Rolf kaufte ihm ein Los ab, obwohl er nicht an einen Gewinn glaubte.

Am Nachbartisch im Tea Centre saß ein auffallend schlanker und großer Sikh, sorgfältig gekleidet, sein weißes Hemd wirkte so frisch, als trüge er es zum ersten Mal. Rolf, in seinem farbigem T-Shirt, den nassen Haaren, den ungeputzten Schuhen, sah dagegen wie ein zufälliger Tourist aus.

Während er auf den Tee und das europäisch zubereitete Fischgericht wartete, trockneten seine Haare langsam. Ein gereichtes heißes Tuch erfrischte ihn, allmählich fühlte er sich wohler. Die Schaufelradventilatoren kühlten angenehm. Er hatte sich angewöhnt, einen Skizzenblock mitzunehmen, unerwartete Eindrücke ließen sich so spontan festhalten und vielleicht später einmal verarbeiten. Er zeichnete schnell und konzentriert, bis der Tee vor ihm stand.

Der Sikh machte Notizen in einem Schreibblock, mit ernster und konzentrierter Miene. Als er den Blick von Rolf gewahrte, lächelte er still und schaute zum Nachbartisch, dunkle, harte Augen.

„Ich habe Sie hier schon mehrfach gesehen. Sind Sie Tourist oder wohnen Sie in der Nähe?"

Rolf erzählte von seiner Malerei, dem monatelangen Aufenthalt in Asien. Der Sikh war interessiert, er setzte sich zu Rolf an den Tisch. Sein schwarzer Vollbart, der konisch gebundene, blaue Dostar-Turban, unter dem seine langen Haare sorgfältig verborgen waren, wirkten würdevoll. Er war jung, kaum älter als Rolf. Er überreichte Rolf seine Visitenkarte, Ashok hieß er, Ashok Singh, und lebte nördlich von Delhi im Punjab, war Ingenieur und besaß eine kleine Werkstatt, in der er Maschinenteile produzierte.

„Ich bin einige Tage geschäftlich in Mumbai. Kunst fasziniert mich. Ich schreibe Kurzgeschichten und Gedichte, meine Freunde im Punjab sind Maler oder Schriftsteller."

Ihr Gespräch wurde lebhafter. „Meine Geschichten lachen und weinen. Ich mische Lustiges mit Ernstem. Kennen Sie alte verlassene Häuser? Ganz traurige, wie viele verkommene Kolonialbauten – darüber habe ich geschrieben. Aber ich schreibe gleichermaßen lustige ‚sketches', je nach Stimmung."

Ashok war interessiert, mehr über Rolf zu erfahren. Beide gingen aus sich heraus, Ashok wirkte trotz des lebhaften Gespräches immer entspannter.

Rolf versuchte seinen Malstil zu erklären. „Ich liebe strahlende, intensive Farben, das helle Licht in Asien, hier kann ich gut arbeiten. Ich male abstrakt, ich suche nach einem Ausdruck, der den Betrachter berührt, keine Anatomie, keine Postkartenidylle. Häufig habe ich Mühe, meine Energie zu bändigen. Ich möchte meine Emotionen in der Malerei ausdrücken; sie ist ja Gefühl, die Bedeutung ist sekundär. Ich lasse mich von der Stimmung einfangen, ich will etwas ganz Neues kreieren. Der Betrachter muss die Intensität empfinden, die innere Glut. Das ist auch Jedes Mal ein Kampf mit mir selbst."

Ashok war neugierig. „Ich würde gerne einige Ihrer Bilder sehen. Es würde mir ebenfalls Freude machen, Ihnen meine neuen Kurzgeschichten zu zeigen." Und er ergänzte: „Ich schreibe auf Englisch, damit habe ich kein Problem."

„Das ist ein guter Vorschlag. Ich versuche, indische Denkweise zu verstehen, das fällt mir schwer, ich bin eben ein ganz westlich geprägter Mensch. Indische Mythen und Traditionen bedeuten mir wenig, obwohl ich die Miniaturmalerei bewundere. Klassische indische Musik und einige der philosophischen Ideen inspirieren intensiver."

Ashok hatte noch eine wichtige Verabredung zum Abendessen.

„Morgen, am späten Nachmittag, können wir uns hier treffen, ich freue mich darauf."

Am Abend telefonierte Rolf erneut mit Irene.

„Das war eine überraschende Begegnung. Ich sollte häufiger mit Indern diskutieren. Die Gespräche mit Suresh sind einerseits interessant, andererseits drehen sich die Diskussionen im Kreis, ich brauche neue Anregungen. Seine Gemälde sind lieblich, aber einige wirken auf mich recht sentimental."

Irene stimmt ihm zu. „Versuche, möglichst vielen künstlerisch interessierten Menschen zu begegnen."

„Suresh hat mir viel über sein Leben erzählt. Er ist noch immer sehr hilfsbereit, wir waren zusammen in der 'Jehangir-Art-Gallery'. Die Gemeinschafts-ausstellungen in den hellen, klimatisierten Räumen sind sehr beeindruckend. Die Galerie zeigt laufend andere zeitgenössische indische Maler. Der Eintritt ist frei, so kommen viele Interessierte und Neugierige. Morgen treffe ich erneut Ashok, und übermorgen bin ich mit Suresh verabredet, wir wollen mehrere Galerien besuchen."

15

Die Tage waren ausgefüllt mit Besuchen in Galeri-en. Suresh richtete es ein, dass Rolf einige der wert-vollen Originalbilder von Syed Haider Raza und Vasudeo S. Gaitonde sehen konnte, die in privaten Villen hingen.

„Die gehören zu den großartigsten Gemälden, die ich bislang in Indien gesehen habe", sagte er am Abend zu Irene.

„Besonders beeindruckt hat mich Raza. Er versucht, die Natur so darzustellen, wie er sie empfindet, nicht so, wie sie sich dem Fotografen zeigt. Vielleicht kann ich noch eines seiner Bindu-Bilder sehen, Suresh versucht

das zu arrangieren."

Rolf brauchte das Gespräch mit Irene, sie telefonierten jeden Tag. Er erzählte von seinem Tagesablauf und vor allem über das, was ihn bewegte. Das half ihm, seine Gedanken zu ordnen.

Wie versprochen zeigte Rolf Ashok seine Bilder. Ashok war überrascht, diesen Rausch von Farben hatte er nicht erwartet.

„Ich bin fasziniert von den Farben, es fällt mir allerdings schwer zu verstehen, was du damit ausdrücken willst."

„Schau sie dir einfach in Ruhe an. Meine Bilder tragen keine Titel. Nimm dir Zeit, sie zu betrachten, dann wirst du deine eigene Welt und die Kräfte in ihr erkennen. Ich muss dich nicht dahin leiten."

Diese Art abstrakter Kunst war Ashok fremd. Er lobte Rolf, aber er fand keinen Bezug zu seiner Malerei. Er hatte sich nie für Abstraktes interessiert, ihn beeindruckten stille Farben und Konturen. Dennoch spürte er, dass Rolf ein guter Künstler war.

Am nächsten Abend telefonierte Rolf erneut mit Irene:

„Ich sah heute eines der Bindu-Bilder von Raza, ein meditatives Bild, ganz von der indischen Philosophie geprägt. In der Mitte ein schwarzer Punkt, ein Kraftfeld, das die Gefühle magnetisch anzieht."

Für Irene war das alles eine fremde Welt. Sie versuchte Rolf zu verstehen, obwohl sie das Bild nicht gesehen hatte, und hörte ihm geduldig zu.

„Erinnerst du dich, als Antonio Blanco in Ubud sagte, dass es entscheidend sei, seine eigene Mitte zu finden? Ich glaube, das möchte Raza ausdrücken. Du siehst das Bild und dein Blick wird sofort von der Mitte, dem dunklen Punkt, Bindu, angezogen, dem mystischen 'dritten Auge'."

Rolf schwieg und ließ das Gesagte auf sich wirken. Und dann fuhr er fort: „Ich versuche mit meinen neuen Bildern ein ähnliches Gefühl zu vermitteln."

Irene hatte noch etwas Wichtiges mitzuteilen: „Ich las, dass in Singapore ein Wettbewerb für Gemälde süd- und ostasiatischer Künstler ausgeschrieben ist. Du könntest dich daran beteiligen, obgleich du kein Asiate bist. Deine neuen Bilder sind doch in Asien entstanden und von Asien inspiriert. Da hast du wahrscheinlich eine Chance. Und ein Durchbruch in Singapore würde auch eine enge Verbindung zu einer der dortigen Galerien bedeuten."

„Das wäre natürlich großartig. Um jedoch akzeptiert zu werden, brauche ich einen prominenten Fürsprecher."

„Daran habe ich selbst schon gedacht. Deshalb wollte ich Antonio Blanco in Ubud ansprechen, eine ideale Kontaktperson mit guten Beziehungen zu der Kunstszene in Singapore. Zu meiner Bestürzung musste ich hören, dass er im Dezember gestorben ist, seine Gesundheit war ja seit Langem fragil."

Die Mitteilung schockierte Rolf, er hatte ihn auch persönlich geschätzt und so sehr gehofft, ihn später wiederzusehen.

„Unsere Gespräche werden mir immer in Erinnerung bleiben. Und seine Kunst. Wie untröstlich muss Ni Ronji sein, sie hat fast ihr ganzes Leben mit ihm verbracht."

Er sah sie vor sich, ihre grazilen Bewegungen, ihr herzliches Lachen.

Rolf versuchte einen Weg zu finden, sich mit den Organisatoren in Singapore in Verbindung zu setzen. Suresh könnte ihm wohl nicht helfen, sein Einfluss war gering und seine Bilder in den Augen von Rolf nicht wirklich überzeugend. Dann fiel ihm Ravindran ein. Ja, das könnte die Lösung sein. Er telefonierte mit ihm und vereinbarte einen Besuchstermin.

Und wieder die dunkle Holztreppe, der mühselige Weg bis zu dem Flachdach, die kleine spartanische Dachhütte und Ravindran mit freundlicher, einladender Geste.

„Namaste, ich freue mich Sie wiederzusehen."

Er trug einen sauberen weißen Dhoti.

Rolf wollte ihn nicht lange aufhalten. Er erzählte von seiner Arbeit, von seinen Besuchen in Galerien und kam bald auf den Wettbewerb in Singapore zu sprechen. Ravindran war nicht überrascht. „Ich hörte davon. Ich werde mich nicht beteiligen, obwohl mehrere meiner indischen Kollegen interessiert sind. Ich vermute, dass dort die Maler aus Indonesien, aus Yogjakarta und Bali und einige der philippinischen Künstler dominieren werden. Ich halte nicht viel von Wettbewerben, ich bin zufrieden mit meinen Erfolgen. Jungen Malern könnte es natürlich zum Durchbruch verhelfen."

Ravindran hatte noch weitere Informationen: „In zwei Monaten soll der Wettbewerb stattfinden, da bleibt kaum Zeit. Ein Thema ist nicht vorgegeben, lediglich ein Bezug zu Asien wird vorausgesetzt. Jeder Künstler darf nur ein Bild einreichen. Das ist verständlich, sonst würden alle den Veranstalter überschwemmen. Dem Sieger winkt eine einwöchige Reise nach Singapore mit einem großen kulturellen Angebot und die Chance für eine breite Sonderausstellung seines Werks in einer der Galerien in der Hill Street oder Umgebung."

Langsam, zögernd brachte Rolf seine Bitte zur Sprache. Ravindran hatte ein offenes Ohr für ihn.

„Ich werde mit dem Veranstalter telefonieren, ich lernte ihn vor mehreren Jahren kennen. Versprechen kann ich allerdiungs nichts. Ich schlage vor, dass Sie sich und Ihr Werk schriftlich vorstellen, vielleicht gleich mit einigen guten Fotos Ihrer Bilder. Ich gebe Ihnen die wichtigen Anschriften. Versprechen Sie sich nur nicht zu viel davon. Als Europäer haben Sie einen schweren Stand."

Rolf dankte ihm herzlich, er wollte es auf jeden Fall versuchen.

Also schrieb er gleich am Abend einen freundlichen Brief nach Singapore. Inspiriert von Raza hatte er ein großes farbenfrohes Bild geschaffen. Es zeigte dunkle grüne und blaue Streifen, die sich zur Mitte hin verdichteten und so, glaubte er, zur Meditation anregten. Das wollte er einreichen, das würde das Interesse der Jury wecken. Davon war Rolf überzeugt.

Jeden Morgen war Rolf nervös und angespannt, er wartete so sehr auf eine Antwort. Jetzt, plötzlich, schien ihm das so wichtig zu sein. Es fiel ihm schwer, sich zu konzentrieren. Er drängelte sich durch die vielen Menschen, die zum Bahnhof eilten, alles störte ihn, diese intensiven Gerüche, die hupenden Autos, die Hast der Passanten. Irgendwo musste doch ein Ruhepol sein.

Und dann sah er das Logo eines Luxushotels. Er trat ein, das Foyer war groß und kahl, die Sessel bequem. Ein Gast hatte eine Morgenzeitung liegen gelassen, lustlos überflog Rolf die Schlagzeilen, ohne die Texte zu lesen. Er schloss für Sekunden die Augen, die Ruhe besänftigte. Langsam schöpfte er wieder Kraft für den neuen Tag.

Zwei bange Wochen vergingen. Und endlich kam die erlösende Mitteilung, kurz und kommentarlos: „Auf Empfehlung eines prominenten Kollegen" dürfe er ausnahmsweise ein Bild einreichen. Es müsse aber in drei Wochen in Singapore sein. Rolf solle umgehend den Versand arrangieren.

Rolf wollte seine Freude mit Suresh teilen. So trafen sie sich in seiner Pension, damit Suresh das Bild sehen konnte, das Rolf nach Singapore senden wollte.

Rolf konnte seine Freude nicht lange zurückhalten.

„Obwohl ich kein Asiate bin, wird eines meiner neuen Bilder für den Künstlerwettbewerb in Singapore akzeptiert. Als einzige Ausnahme, wie man mir schrieb. Suresh, das könnte für mich den Durchbruch in Asien bedeuten! Ich habe gerade ein geeignetes Bild fertig gestellt, aus dem die ganze Mystik, ein ganz besonderes Gefühl spricht, das dem Osten nähersteht als dem Westen. Komm, ich zeige es dir."

Suresh nickte anerkennend. „Ich freue mich mit dir, Rodolfo. Für einen Europäer ist das wirklich eine Überraschung. Mit deinen ausdrucksvollen Bildern hast du bestimmt eine gute Chance."

Rolf erwähnte nicht die Fürsprache von Ravindran, das könnte Suresh eventuell verärgern, da er ihn nicht darauf angesprochen hatte.

Sie tranken ein Glas Tee. Nach einigen Minuten

sagte Suresh ganz leise, fast schüchtern: „Ich hätte es dir ohnehin gesagt, auch ich sende ein Bild zu dem Wettbewerb, eines meiner typischen Bilder von Krishna. Krishna tanzt im Kreis mit den Gopis, den Milchmädchen. Vielleicht hast du davon gelesen: Durch Maja, die Illusion, glaubt jedes der Mädchen, er tanze nur mit ihr. Ich habe versucht, das verklärt darzustellen, so als ob das Ganze eine Illusion ist. Ich bin stolz auf das Bild."

„Ich hoffe, dass dir das Bild Glück bringt. Es gibt wahrscheinlich viele Galerien in Singapore, die indische Mythologie schätzen und deren Kunden zum Teil wohlhabende Inder sind. Du musst mir das Gemälde zeigen, ich bin gespannt darauf."

Ja, es war richtig, dass er Ravindran und nicht Suresh um Vermittlung gebeten hatte.

Rolf suchte einen Rahmen aus, der zu dem Bild passte, und freute sich über den günstigen Preis. Suresh hatte ihn bei dem Händler eingeführt und sich bereits über Versandmöglichkeiten informiert. Er würde Rolf dabei helfen, dass sein Bild rechtzeitig eintraf.

Rolf telefonierte sofort mit Irene. „Freu dich, dass Suresh dir hilft. Du kennst doch keine Spediteure in Mumbai."

„Das stimmt natürlich. Ich gönne Suresh zumindest einen der kleineren Preise, den hätte er verdient. Aber es werden viele Maler um die Preise ringen. Ich bin dankbar, Suresh hat mir Türen geöffnet und wir haben anregende Stunden im Gespräch verbracht.

Eine wirkliche Chance hat er natürlich nicht bei dem Wettbewerb. Er malt zu traditionell, er folgt zu starr der indischen Mythologie. Seine sanften zarten Farben haben ohne Zweifel einen gewissen Reiz. Ob das reicht? Ich glaube nicht. Wir sind jetzt bei diesem Wettbewerb Konkurrenten, er kann wohl kaum die hohen Erwartungen der Jury erfüllen."

16

Nun hieß es also warten. Rolf war ungeduldig, er fand wenig Kraft zum Malen. Er lief durch die Stadt, machte einen Ausflug auf die Insel Elephanta und bewunderte die Shiva-Skulptur in der ersten Grotte. Er ging jeden Tag in das Tea Centre, um eine Kleinigkeit zu essen. So traf er erneut Ashok, der ihm Erfolg für den Wettbewerb in Singapore wünschte.

„Du brauchst Ablenkung. Bis zur Entscheidung vergehen noch mindestens zwei Wochen. Ich fahre Freitag nach Delhi und anschließend in den Punjab. Komm, begleite mich, das wird für uns beide eine anregende Fahrt und ich kann dir Künstler, Dichter, Musiker, Bildhauer und Maler im Norden vorstellen. Viele sind Sikhs und alle sprechen fließend Englisch. Sie werden sich freuen, dich kennenzulernen. Ich kaufe morgen meine Bahnfahrkarte, ich könnte für dich auch einen Platz reservieren."

„Das ist eine gute Idee. Du hast recht, eine Ablenkung täte mir gut. Ich wollte ohnehin irgendwann einmal den berühmten Goldenen Tempel der Sikhs in Amritsar sehen. Vielleicht lässt sich das ja von Delhi aus arrangieren."

Abends telefonierte Rolf mit Irene, die ihm ebenfalls zu der Reise riet.

„Du hast einige Tage Zeit, fahre mit Ashok. Du kannst dich nicht immer in deiner Pension verkriechen und Suresh hat dir doch schon so viel geholfen."

Die Bahnfahrt war monoton und ermüdend. Bald verebbten ihre Gespräche, sie dösten vor sich hin und schliefen einige Stunden in dem komfortablen Abteil. Der Fahrer von Ashok holte sie am Bahnhof in einem alten Ambassador ab und brachte Rolf in ein angenehmes Mittelklassehotel in Neu Delhi.

***

Irgendwo bellte ein Hund, knarrte eine Tür, Stimmen erhoben sich, verklangen.

"Ali, Ali Ahmed!"

Ali fuhr weiter. Sie riefen ihn, grüßten ihn. Wie jeden Tag. Er raffte den Dhoti fester. Erneut verrutschte seine Brille. Sein schwarzes Fahrrad mit den hohen Rädern und dem geraden Lenker klapperte etwas, es war schon alt. Fast würdevoll, bedächtig fuhr Ali, ganz langsam, die Hände auf den Lenker gepresst. Die Stadt atmete die Ruhe des Nachmittags. Er fuhr an der Jama Masjid vorbei, der großen, prächtigen Moschee von Alt-Delhi und bog schließlich nahe des Chawri-Basars in eine enge Gasse ein.

Und wieder Stimmen: "Ali Ahmed, komm, sei unser Gast."

Ein Willkommen von allen Seiten. Er lachte, grüßte, fuhr weiter.

Am Teehaus, dem Diamond-Restaurant, stellte er sein Fahrrad an den Pfosten. Die beiden Jungen erwarteten ihn. Der ältere, vier Jahre alt, trug seinen neuen rot gestreiften Pyjama und hatte die Arme um seinen Bruder gelegt. Beide waren barfuß. Ein sonniges Lachen und große, strahlende Augen, das 'Salaam a Lekum' galt nicht nur ihm, sondern auch den Süßigkeiten, die Ali wie fast jeden Tag aus seinem Dhoti zauberte.

Aus dem Teehaus klang es: "Nun komm endlich, Ali."

Schmale, braune, tiefgefurchte Gesichter, erwartungsvolle Stille. Was wären die langen, trägen Stunden des späten Nachmittags ohne ihn, ohne seine Träume? Es roch nach Minze, nach Mandeln, nach Kebab.

"Komm, die Nachmittagshitze bringt den Durst, du brauchst eine Pause."

Er setzte sich auf das leicht erhöhte Podest.

Ashok sagte ganz leise zu Rolf: "Dort sitzt er jedes Mal. Der Wirt hält den Platz für ihn frei, das ist mittlerweile sein Stammplatz."

Seine kleine, hagere Gestalt wirkte größer, alle Gäste konnten ihn dort sehen.

Ashok hatte Rolf von dem Restaurant erzählt, dort gäbe es noch immer einen traditionellen Geschichtenerzähler, eine ganz besondere Atmosphäre. Meistens spräche er in Englisch, weil einige der Gäste aus Südindien kämen und nur wenig Hindi verstünden.

Rolf blickte um sich. Das Restaurant war klein und schlicht möbliert. War die Wand hellblau oder doch nur weiß? Wie grell das Licht war, selbst hier im Teehaus. Er war der einzige Ausländer, Ashok der einzige Sikh. Die anderen Männer waren überwiegend alt, vor allem wohl Moslems in diesem muslimisch geprägten Teil von Alt-Delhi, von Shahjahanabad.

Der heiße Tee mit Milch belebte, erfrischte. Ali schwieg. Jetzt schwiegen ebenso die anderen Gäste. Hier schien jeder viel Zeit zu haben.

Der Tag vergaß die Zeit.

Dann ertönte die Stimme von Ali, rau, fast heiser: "Heute, sehr früh, traf ich Momin. Erst gestern kehrte er zurück von der kahlen, steinigen Ebene jenseits der Berge, die wie gelbbraune Kuchen den Horizont verriegeln. Die Geschäfte liefen träge, so sagte er, aber seine Augen blieben gesenkt, sein Blick war verschmitzt."

Rolf war erleichtert, Ali sprach Englisch, klar und deutlich, mit nur leichtem indischen Akzent. Das wird bestimmt ein reizvoller Nachmittag. Es war eine gute Idee von Ashok, ihn hierher zu bringen.

Ali Ahmed, der Geschichtenerzähler, entspannte sich, trank einen Schluck Tee, fing leise an zu summen, ganz leise, um den Rhythmus der Worte zu finden.

Sie hörten ihm zu, obwohl ihnen Momin fremd war.

Ashok flüsterte: „Rolf, die Gäste freuen sich, Ali

scheint etwas Neues zu erzählen, häufig nämlich wiederholen sich seine gestenreichen Anekdoten."

"Momin träumt von Reichtum und Glück, wie wir alle, er weiß von dem geheimnisvollen See der glitzernden Achate. Ihn zu suchen, lohne alle Entbehrungen langer, staubiger, durstiger Wochen."

"Möge Allah ihn schützen."

Der Deckenventilator surrte.

"Aber er wisse ihn zu finden, fern von hier, in der Wüste, die Gobi genannt wird, am Rande der Mongolei, dort wo der Wind den Sand zu Wellen formt, wo Tiere und Menschen im Kreise irren, immer im Kreis, als umrundeten sie ein magisches Zentrum."

Da kam ein Zwischenruf: "Sag uns, Ali, ist es dort noch heißer als in den Sommermonaten in Delhi?"

"Viel heißer, mein Freund."

Der Wirt schloss die Jalousien, ließ nur einen Spalt offen. Alle Gäste saßen im Halbrund um das Podest, noch eine Tasse Tee, der Duft verschmolz mit Schweiß und Erwartung.

"Ausgetrocknet ist er. Jahre des Wüstenwindes,

der ungehemmten Sonne vertrieben die Feuchte. Es blieben die gelben und rötlichen Achate und Jaspise.

Würdet ihr durch die Wüste reiten, wären eure Augen und Sinne geblendet vom Glanz der Farben und Reflexe. Selbst der volle Mond entstiege dem dunstigen Horizont und blickte neidvoll auf die kostbare Pracht."

Ali schlürfte seinen Tee. Ein Sonnenstrahl brach sich in den Schweißperlen seiner Stirn. Er hob eine der Jalousien um Zentimeter hoch, gleißende Sonne blendete ihn. Die Kinder waren gegangen, die Straße schien zu dösen. Er schloss erneut seine Augen, so als träumte er. Er holte tief Luft. Irgendwo knisterte es.

"Allah sei Preis." Und dann: "Einst war dort ein richtiger See, trübes, braunes Wasser inmitten der sandigen Hügel. Jeden Nachmittag … ", er schaute auf seine Uhr,"… so um diese Zeit badeten zierliche, lachende Elfen in dem See, tollten am Ufer, wuschen ihre langen, schwarzen Haare. Welche Anmut, welche Wonne. Eines frühen Abends kam eine Gruppe wandernder Hirten und entdeckte den

See. Sie rieben sich die Augen, einmal, noch einmal und immer wieder, ihre Blicken erstarrten, gelähmt ob der süßen Schönheiten geheimster Träume.

Die Erstarrung wich. Sie vergaßen ihr Vieh, vergaßen sich selbst, Sklaven ihrer Gier. Sie liefen zum Ufer, sie riefen, sie jauchzten.

Erschreckt und verwirrt blickten die Elfen um sich, schwammen an das jenseitige Ufer, verschwanden hinter den roten Felsen. Ihren Schmuck, den sie beim Baden abgelegt hatten, vergaßen sie in der Eile.

Die Hirten sahen nur die zierliche Anmut der Elfen, sie versuchten ihnen zu folgen. Aber ihre Schatten verloren sich in der Weite der Wüste. Da waren nur der heiße Sand und die rund geschliffenen Felsen und die gleißende Sonne. Sie fanden den See nicht wieder. Die Elfen hingegen suchten und fanden andere Gefilde, ihr Schmuck füllt bis heute den ausgetrockneten Grund des Sees. Wisset, dass Allah nur jene belohnt, die fleißig und edel sind, und nicht solche, die der Habgier frönen."

Der Wirt servierte Kebab, würziges Hühnerfleisch und Reis. Die meisten Gäste aßen mit den Fingern, die sich besser säubern ließen als Löffel und Gabel.

Die alten Männer in der Runde hingen an Alis Lippen.

"Und ihr, Ali Ahmed, kennt ihr den Weg zu den Schätzen der Elfen?"

Mit dünner Stimme, den Mund noch halb voll, kamen seine Worte: "Vielleicht würde auch ich ihn suchen, denn sind wir nicht alle schwach und erliegen den Verlockungen? Doch der Weg über die Berge und durch die Weite der Wüste ist lang und entbehrungsreich."

"Und Momin?"

"Ihr habt gehört, wie es den Hirten erging. Wie viel mühsamer wäre das erst für Momin!"

Einer der Zuhörer, ein betagter Mann mit auffälligem Schnurrbart und schneeweißem Haar, erhob wie mahnend seine Hand: "Du hast wohl gesprochen, Ali Ahmed. Meidet die Versuchung, denn belohnt Allah nicht diejenigen, die rechtschaffen sind? In der Einsamkeit der Wüste grüßen Sonne und Mond des Morgens und Abends den See edler Steine, verleiht ihnen ihr Licht, auf dass sie neuen Glanz erhalten. Tut eure Pflicht, dann lohnet euch Allah."

Der Wirt reichte einen jener kleinen Kästen herum, die mit Ranken und Blüten bemalt waren. Ali und Ashok nahmen sich eine Zigarette. Alle Gäste saßen nah beieinander, schienen sich dennoch fremd zu bleiben. Jeder von ihnen träumte wohl seinen eigenen Traum, von Glück, von Reichtum, jeder würde dem anderen den Erfolg neiden. Rolf war ganz entspannt und ließ sich von der fremdartigen Atmosphäre einfangen.

Alle tranken nur Wasser und Tee, Alkohol war anscheinend verpönt. Ein heißer Nachmittag der Träume, der Stille, ohne Konturen, ohne Gesichter, zu heiß, um schon zu gehen.

Mit der Hitze erstarben alle Geschichten, alle Anekdoten. Die Gäste schwiegen, auch Ali, auch Rolf und Ashok. Gebetsketten spielten im monoton klickenden Takt. Eine Fliege surrte, Ashok schlug mit einer Papierserviette, zu langsam, das Surren wurde leiser und erhob sich erneut.

Und viel später, war es Ali, der zum Abschied sagte: "Shab-bakhayr, gute Nacht, ich werde wiederkommen, seid friedfertig und genießt glückliche Tage."

Es war sein zweiter Tag in Delhi. Nach dem Besuch im Diamond- Restaurant schlenderte Rolf mit Ashok durch Old Delhi. An der Chandni Chowk besuchte er zum ersten Mal einen Sikh-Tempel und schaute gebannt dem alten würdevollen Priester zu, der einen schwarzen Turban trug und aus dem heiligen Buch der Sikhs, dem Adi Granth, rezitierte, während überall im Tempel religiöse Musik ertönte.

Rolf musste seine Schuhe ausziehen und seinen Kopf bedecken, bevor er den Tempel betreten durfte, Tücher konnte er am Eingang ausleihen. Alle Besucher, fast ausschließlich Sikhs, waren freundlich, er fühlte sich willkommen.

Einen Tag später, fuhren sie frühmorgens in dem alten, aber sehr geräumigen Ambassador in nördlicher Richtung in den Bundesstaat Punjab weiter.

17

Gleich hinter Delhi fing es an zu regnen, erst ganz sanft, fast nur ein Tröpfeln, die Landschaft wirkte traurig und verschlafen. Plötzlich brach der Regen los, schwarze Wolken verdunkelten das trübe Morgenlicht. Der Chauffeur fuhr vorsichtig, schwere Lkws überholten mit lautem Hupen. In schneller Folge wechselten die Perspektiven, Dörfer, Felder und deutlich mehr Fahrräder, ein grünes Land, das im morgendlichen Regen hellgrün und fast grau wirkte.

Rolf war hellwach, er freute sich über die Fahrt, trotz der Nässe, trotz der dunstigen Konturen.

Während der Fahrt erzählte Ashok von seinen Freunden, die sich einmal im Monat trafen: „Stets in einem anderen Haus, so wechselt die Atmosphäre. Nicht alle haben Zeit, jedes Mal zu kommen, so freuen wir uns immer wieder, alte Freunde zu treffen. Die meisten sind Schriftsteller, viele haben noch nie etwas veröffentlicht, aber ambitiös sind wir alle. Wir sind natürlich überwiegend Sikhs, trotzdem sind alle

Künstler bei uns willkommen. Wir freuen uns über neue Gesichter und neue Ideen.

Jeder trägt seine eigenen Gedichte vor oder liest kleine Geschichten, oft nur Gedankensplitter oder Haikus, wir diskutieren und kritisieren, ganz ehrlich und offen. Da kommt es gelegentlich zu Kontroversen, es kann durchaus sehr emotional und laut werden. Wir trinken, wir rauchen. Ja, es ist sogar schon vorgekommen, dass einige von uns den stürmischen Bhangra tanzten, in die Luft sprangen, sodass der Gastgeber Angst um sein Mobiliar hatte."

Ashok lachte. Es machte ihm Spaß, davon zu erzählen, und Rolf hörte interessiert zu.

„Manchmal wird es früher Morgen, bis wir uns endlich verabschieden, erschöpft und zufrieden, und diejenigen sind die Glücklichsten, die einen Chauffeur haben."

Mittags machten sie eine kleine Pause in einem indischen Restaurant an der Straße. Rolf aß nur wenig von den scharfen Currygerichten.

Der Regen wurde nicht weniger, aber der Fahrer

fuhr dennoch schneller, Rolf hielt sich am Fenster-
griff fest.

„Heute ist Mewar unser Gastgeber, er ist recht
jung, nur wenige Jahre älter als ich, groß gewach-
sen, sehr korrekt gekleidet mit weißen Hemden,
schwarzen Hosen und glänzenden Schuhen, einer
auffälligen Kunststoffbrille und meistens einem blau-
en Turban. Auch er ist Sikh, wir kennen uns seit der
Schulzeit. Er ist einer meiner besten Freunde."

Mühevoll bändigten die Scheibenwischerblätter
die Regenmenge. Der Fahrer saß etwas verkrampft
hinter dem Steuerrad und wirkte sehr konzentriert.

Dann lichteten sich die dunklen Regenschleier und
Ashok erkannte die hochragende Skulptur, Hände
gefaltet zum indischen Willkommensgruß. Es war
also nicht mehr weit bis zum Haus von Mewar.

Er glättete seinen schwarzen Vollbart, rückte den
roten Turban zurecht. Es fehlten nur wenige Meter
auf der unbeleuchteten Straße.

Dort, am Ende der schmalen Gasse, war das Haus
seines Freundes. Fast befreit lockerte Ashok seinen
Sitzgurt. Er war nicht mehr müde und freute sich

auf einen anregenden Abend mit den anderen Künstlern.

Der Regen wurde wieder stärker, der Wagen stoppte vor dem Haus. Es waren nur wenige Schritte, aber schon peitschte das Wasser in ihre Gesichter.

Mewar begrüßte seine Gäste. "Ihr kommt spät, alle anderen sind bereits hier."

Er lachte und schüttelte Rolf die Hand.

„Wir freuen uns, einen europäischen Maler bei uns zu haben."

Die Tür öffnete den Blick direkt in das hell erleuchtete, spärlich möblierte Wohnzimmer. Sie saßen im Halbkreis, fünf weitere Freunde, es roch nach Räucherstäbchen, nach Bier.

Erstaunt sah Rolf die Musiker in der hinteren Seite des Zimmers, den grauhaarigen Abdul Khan, den berühmten Sitarspieler, daneben einen jungen Mann, der ihn auf den Tabla, den zwei Handtrommeln, begleitete und einen älteren Tambouraspieler. Eine wirkliche Überraschung, mit musikalischer Unterhaltung hatte er nicht gerechnet.

Sie saßen auf dem abgetretenen roten Afghan-

Teppich, eingerahmt von frischen Hibiskusblüten. Mewar war stolz, seine Freunde zu überraschen.

"Abdul Khan hat die lange Fahrt auf sich genommen, um uns zu erfreuen."

Schon erklang eine zarte Nachmittags-Raga, ganz leise, wie ein heiliger Gruß aus dem Indien der Vorzeit, der den Tagesablauf und die Jahreszeiten rhythmisch umsetzte. Improvisierte Sitarklänge wurden untermalt von dem dumpferen Klang der Tamboura.

Rolf setzte sich neben Ashok, seine Hände zitterten noch unmerklich, nur langsam kam er zur Ruhe. Das erste Bier tat ihm gut.

Die Trommeln setzten ein, den Rhythmus betonend, die Musik wurde schneller. Rhythmus stieß auf Gegenrhythmus, Sitar und Tabla, ein Instrument schien das andere zu überholen. Sie sprachen kaum, lauschten den Klängen, tauchten ein in die betörende Klangwelt. Irgendwann fand das improvisierte Spiel der Rhythmen und Melodien zum Anfang zurück. Im Takt nickten die Köpfe der Spieler, ja, die ganzen Körper bewegten sich im Rhythmus. Rolf, Ashok, Mewar, die Freunde klatschten, riefen den

Musikern Worte des Lobes zu, trommelten mit den Fäusten.

Das Zimmer war groß und freundlich möbliert, mit Schränken aus hellem Holz, mit Korbstühlen und einem Sofa mit hellblauen Kissen. An der Wand hing ein gerahmter Farbdruck mit dem Portrait von Guru Nanak, der im 16. Jahrhundert den Sikhismus begründete.

Rolf stellte sich als Rodolfo vor, erzählte von seiner Malerei und den langen Reisen in Asien. Er sagte nicht viel, er wollte nicht im Mittelpunkt stehen.

Alle Gäste klatschten. Rolf war überrascht, als ein kleiner, schlanker Mann aufstand und ihm die Hand schüttelte. Er war schon etwas älter, vielleicht Mitte vierzig, wie Rolf vermutete.

„Ich bin Jagpal, auch ich male, allerdings nicht abstrakt, sondern Landschaften meiner Heimat. Während der regenlosen Monate mache ich jeden Tag einen langen Spaziergang, ich fühle mich der Natur ganz nahe. Dann, zu Hause, male ich meine Eindrücke. Ich versuche das Wesentliche zu erfassen und auf die Leinwand zu bannen.

Bereits als Kind habe ich Steine gesammelt, bunte Steine, mit Farben habe ich mich schon immer beschäftigt. Ich bin bemüht, viele neue Farbnuancen zu kreieren. Farben sind wichtig."

Rolf hörte ihm gerne zu, ein interessanter Gesprächspartner.

„Ich bin eigentlich Autodidakt. Ich scheute die formale akademische Ausbildung. Ich glaube noch heute, dass sie die Kreativität einschränkt."

Rolf widersprach: „Man muss einen Kompromiss finden. Ich glaube, dass eine solide Basis hilfreich ist. Viele große Künstler sind diesen Weg gegangen, erst die Technik, das Handwerk, dann das Austoben der eigenen Fantasie. So sehe ich es. Natürlich sind mannigfache Wege zur Kunst möglich."

Jagpal nickte höflich und sagte nur: „Ich freue mich, Sie hier zu treffen."

Mewar zeigte auf die Getränke, die auf einem niedrigen Seitentisch standen: „Rodolfo, bediene dich, wann immer du etwas möchtest. Fühl dich ganz ungezwungen, du bist ein Freund von Ashok, also bist du ebenfalls unser Freund. Wir haben eine große Auswahl: Whiskey, Wodka, auch Gin und mehrere Kisten Bier. Kleine Snacks werden meine Töchter später reichen."

Die Musik setzte erneut ein. Die Gespräche fanden keinen roten Faden. Alle Gäste, außer Mewar, waren viele Stunden konzentriert durch den Regen gefahren, nur wenige hatten einen eigenen Chauffeur. Es brauchte Zeit, bis sie zur Ruhe kamen.

Die Musik vermittelte eine fröhliche Stimmung, als wollte sie eventuelle Aggressionen dämpfen. Volkstümliche Klänge, geschickt improvisiert. Mewar reichte gewürztes Gebäck, schenkte Bier nach, die erste Whiskeyflasche wurde geöffnet.

"Auf alles gibt es Antworten, Meinungen und Phrasen. Lasst uns kritisch bleiben, die Lethargie jener vermeiden, deren Geschichte und Witze im Opiumnebel der Unwirklichkeit verblassen, aufgeputscht und dann in der Tiefe unrealistischer Träume versinkend."

Mewar war es, der die erste kleine Geschichte las. Kaum erreichte er die Pointe, schnellte ein großer, sportlicher Mann in die Höhe, klatschte in die Hände und die Freunde trommelten mit den Fäusten.

„Ich bin Nagpal", rief er Rolf zu.

Es wurde lauter, entkrampfter. Die Whiskeyflasche machte die Runde, eine zweite, schnell wurden weitere Flaschen geöffnet.

Mit Mühe schlich sich die Musik durch den Raum. Rolf vernahm nur noch unbewusst die Abend-Raga, melancholisches, gedehntes, rhythmisches Spiel der Abendwolken, der sehnsüchtigen Gedanken.

Sie lasen Gedichte, ernste und heitere. Nagpal, der Intellektuelle unter ihnen, unterbrach häufig den Redefluss, kritisierte, forderte die anderen heraus: "Das ist doch kein Reim, kein Wortklang, kein konsequenter Gedanke."

Mewar ballte die Faust, widersprach, verteidigte, schlug mit der Faust auf den kleinen Beistelltisch. Den Reimen folgten Sprüche und kurze Anekdoten. Alle sprachen, riefen durcheinander, kritische, aber auch lobende Worte, und wieder Klatschen, Trommeln. Ein älterer Besucher versuchte etwas zu sagen, andere unterbrachen ihn und redeten ununterbrochen weiter, in einem Gemisch aus Englisch und

Punjabi. Niemand schien mehr der Abend-Raga zu lauschen.

Jeder sah vor allem sich, seine Gedanken. Mewar rezitierte selbstbewusst, mit klarer lauter Stimme:

„Wie nasses Papier,

niemand kann es beschreiben,

niemand verbrennen."

Die Worte gefielen. Mewar setzte hinzu:

„So ist mein Leben."

Nagpal lobte ihn: „So, du versuchst dich jetzt in Haikus. Bald können wir dich Basho II nennen."

Alle trommelten mit den Fäusten. Nagpal versuchte, es Mewar nachzumachen und improvisierte:

„Bröckelnde Bräuche,

Verflüchtigender Glauben,

uns bleibt Stolz und Kraft."

Ashok saß ganz entspannt da, die Beine von sich gestreckt. Der Whiskey war gut, die Welt ein fader, grauer Nebel, schemenhafte Konturen, die sich plötzlich lichteten.

"Überall Mangel,

dominierende Knappheit,

so bleibt nur der Stolz."

Mewar wurde plötzlich unruhig, stand fortlaufend
auf, schloss die Tür zum Nachbarraum mit den
flüchtig gemachten Betten, ging mehrfach durch das
Zimmer, trank einen Schluck Whiskey im Stehen,
setzte sich dann wieder.

Die Zeit eilte davon. Als die zwei Töchter von
Mewar das Zimmer betraten, junge Mädchen, mit
langem seidigen Haar und freundlich lächelnden
Gesichtern, und würzige Curry-Gerichte und heißen
Tee servierten, war es wahrscheinlich schon nach
Mitternacht.

Die Musiker stimmten lautere Akkorde an. Nagpal, mit Augen voller Weisheit, rezitierte mit tiefer
beruhigender Stimme einen Haiku von Shibayama:

„Eine Blüte schweigt,

sie wächst nur in der Stille,

ganz still fällt sie ab."

Die anderen Gäste ahnten wohl das Bedeutungsvolle,
jeder versuchte ordinäre Ausdrücke zu meiden und

weniger zu bramarbasieren. Die Gespräche wurden gedämpfter und poetischer.

Mewar öffnete die Tür zur Straße. Der Regen hatte aufgehört, die Bäume tranken die letzten Tropfen. Ein Nachtfalter streifte sein Gesicht. Das Dunkle der Nacht hatte seine Hände über den Ort gebreitet.

Auch Rolf ging vor die Tür. Die lauwarme Nachtluft erfrischte wohltuend. Das Mondlicht kam und ging, immer wieder schoben sich Wolken davor.

Zurück im Zimmer sagte Jagpal, zu Rolf gewandt: „Die Mogulkaiser, die einst Indien beherrschten, liebten Blumen und vor allem die Iris. Schnell verblühen sie in der Hitze, so also mussten Steinmetze sie für die Ewigkeit bewahren."

Die Gespräche begannen erneut. Ein kleiner, dickleibiger Mann mit blauem Turban las mit ernster Miene eine längere Geschichte, die Rolf nur zum Teil verstand, da er seinen Text häufig mit Punjabi-Wörtern mischte. Den anderen schien sie zu gefallen, er erhielt lebhaften Beifall und es fielen keine kritischen Bemerkungen. Langsam wurde es wieder laut im Zimmer.

Die Sprüche und Anekdoten wurden zweideuti-
ger und leidenschaftlicher. Die Alkoholflaschen leer-
ten sich schnell. Nagpal lachte für Minuten, laut und
ohne Grund, sie hatten Mühe ihn zu beruhigen.
Dann schien ihn die Melancholie der Raga-Musik
zu streifen.

"Ihre Wangen waren schwermütig,

ich küsste sie nur im Traum."

Sie trommelten mit den Fäusten und riefen Beifalls-
worte. Mewar versuchte etwas zu sagen, seine Stimme war gedämpft. War es der viele Whiskey, die
späte Stunde, die schwere rauchgetränkte Luft? Es
folgten Wortfetzen, zögernd, zunehmend lauter, im-
provisierter und arroganter.

Ashok holte einen Zettel aus seiner Hemdtasche,
zog die Brauen zusammen und las leise, als galten
die Worte nur ihm:

"Ein schwebendes Kleid,

wie eine Schlange ihr Gang."

Und noch gedämpfter:

"Mich verließ der Mut."

Und wieder flogen Worte von Seite zu Seite, disziplinlos, alle tranken, viele rauchten, die Nacht verschluckte die Zeit. Die meisten Gäste lümmelten sich in den Korbstühlen.

Erneut die Stimme von Ashok:

„Deine Augen lachen,

es ist mir als tanzten Sonnenflecken."

Ashok und Nagpal versuchten eine sublimere Stimmung zu schaffen. Auf ihren Schläfen glänzten Schweißtropfen. Vergeblich. Die lärmenden Stimmen, der Alkohol dominierten.

Rolf fühlte das Pochen seiner Schläfen. Er trank Wasser, danach Kaffee, schwarzen, süßen Kaffee. Fast alle Gäste ereiferten sich mit ungezügelter Energie. Es war ohrenbetäubend, und dann dieses Pochen, dieser Druck, der Zigarettenrauch, dieser Hauch von Haschischduft, die blassen Konturen, eine Welt diffuser Formen und Stimmen.

Es wurde noch lauter. Rolf schloss die Augen für Sekunden, schreckte hoch, als erwachte er aus einer Trance. Er stand auf, ungläubig blickte er auf das Podest, wandte sich zu Ashok. Seine Worte, erst kaum vernehmbar, dann dröhnend und gestenreich, schnitten durch den verräucherten Raum: "Aber, wo, wo sind die Musiker?"

Es wurde still im Raum. Dort, wo die Blüten den Teppich verzierten, welkten vereinzelte Blumen. Das Podest war leer, der melodische Klang der Sitar, die Virtuosität der Tabla, der Bass der Tamboura, waren unmerklich verklungen.

"Sie sind gegangen."

Wie lange schon? Im Eifer der Diskussionen, im Rausch der Getränke, im Dunst des Haschisch, waren die Musiker wohl aufgestanden, hatten ihre Musikinstrumente eingepackt, sich mit gefalteten Händen verbeugt, wie es die Tradition gebot, ohne dass es jemand zur Kenntnis nahm, und waren gegangen. Einfach so. Niemand hatte es bemerkt.

Das Podest wirkte leer und traurig. Und draußen umschlich nur die Dunkelheit das Haus, irgendwo weit entfernt flackerte ein Licht, bellte ein Hund.

Mewar, Ashok, sie alle fühlten sich beschämt. Sie standen auf, schüttelten sich die Hände.

Der schwere Geruch von Whiskey, Bier, von Haschisch und Rauch lastete auf der verblichenen Couch, auf den Korbstühlen, dem Staub der Lampen.

Es war Zeit zu fahren.

Draußen war es noch dunkel, etwas neblig, aber trocken. Der Himmel ließ unruhiges Wetter erwarten. Die meisten der Gäste hatten zu viel getrunken, um selbst zu fahren. Einige würden wohl in der Nähe übernachten. Mewar bot zwei Schlafstellen in seinem Wohnzimmer an.

18

Rolf hatte einen schweren Kopf, das viele Bier, die dumpfe Luft drückten. Trotzdem rief er Irene an, einige Worte nur über die eigenartige Atmosphäre der Künstlernacht, die fast entgleist war. Und dann nur so viel: „Ich fahre jetzt weiter nach Amritsar. Ashok hat seinen Chauffeur zur Verfügung gestellt, der ist zum Glück ausgeruht. Ashok kann leider nicht mitkommen, er hat berufliche Verpflichtungen in Jalandhar. Dafür war er gestern so freundlich, für mich eine Unterkunft für eine Nacht in einem Hotel in Amritsar zu arrangieren."

Rolf umarmte Ashok und dankte ihm sehr herzlich.

„Ich hoffe, recht bald eine Gelegenheit zu haben, deine Gastfreundschaft zu erwidern."

Der Fahrer fuhr langsam, er wusste, dass Rolf müde und verkatert war. Rolf würde sich nur kurz in Amritsar aufhalten und anschließend nach Delhi zurückfahren. Schon am nächsten Abend ging sein Flug nach Mumbai.

Er war nervös und erwartete voller Spannung die Entscheidung aus Singapore. Es war das erste Mal, dass er an einem Wettbewerb teilnahm.

Der erste Eindruck von Amritsar enttäuschte Rolf. Enge, verkehrsreiche Straßen, Autos, Motorräder, Fahrräder, Fahrradrikschas und dazwischen ein Gewühl von Menschen. Es hatte wieder angefangen zu regnen, alles wirkte ein wenig trist.

Und dann die Überraschung: Am Rande der Altstadt die überwältigende Anlage des Hari Mandir

Sahib. Das Gold des Tempels strahlte selbst bei diesem grauen Wetter. Rolf packte ein Gefühl der Unruhe, der Ehrfurcht, wie auch früher, wenn er eine religiöse Pilgerstätte betrat.

Wie alle Pilger bedeckte Rolf seinen Kopf mit einem Tuch, das er gratis ausleihen durfte, und wusch seine Füße mit Wasser. Die Marmorfliesen auf dem langen Weg um den Amrit Sarowar See, dem Teich des Nektars, bis zu der Brücke, die zum Goldenen Tempel führte, waren rutschig. Im heiligen See badeten einige Gläubige, das sollte die Seele reinigen. Rolf war froh, dass stellenweise Stoffstreifen auf dem Marmor lagen, auf denen er, ohne zu rutschen, barfuß gehen konnte.

Trotz des trüben, regnerischen Wetters wimmelte es von Besuchern, vor allem Sikhs, die leicht an den Turbanen und Vollbärten zu erkennen waren.

Der Weg um das Heiligtum wurde von imposanten Gebäuden flankiert: dem Verwaltungssitz der weltweiten Sikh-Gemeinde, dem Sikh-Parlament, einer Bibliothek, mehreren Pilgerheimen, den Niwas, in denen Pilger gratis oder für einen geringen Betrag bis zu drei Tage übernachten konnten, und dann den riesigen Gemeinschaftsküchen, in denen Mahlzeiten, vor allem Fladenbrot und Linsen, an alle Pilger ohne Bezahlung gereicht wurden. Rolf hatte am Eingang zu der Anlage eine Broschüre erhalten, die auf Englisch gute Erklärungen gab.

Der Tempel lag mitten im See und war mit einer Brücke verbunden. Je mehr sich Rolf auf der Brücke dem Tempel näherte, desto andachtsvoller waren die Pilger um ihn herum. Die feierliche Atmosphäre im Innern des Tempels faszinierte Rolf. Ein Orchester spielte pausenlos, die Gläubigen sangen Hymnen.

Auf dem blumengeschmückten Altar lag das Guru Granth Sahib, das Original des heiligen Buches der Sikhs. Die Pilger drängten auf der engen Treppe in den ersten Stock. Hier las ein grauhaariger Priester im weißen Gewand und dunkelblauem Turban mit besonderer Betonung ununterbrochen das gesamte heilige Buch. Er wurde alle drei Stunden von einem anderen Priester abgelöst, so erfuhr Rolf von einem der Wärter. Es dauerte 48 Stunden, bis das ganze Buch gelesen war. Das geschah ohne Pause, Tag und Nacht. Und dann begann alles wieder von vorn.

Rolf ließ sich von der besonderen Stimmung einfangen: der Verehrung des Heiligen Buches und nicht irgendwelcher Götterfiguren, von der Musik, den Gesängen und der Inbrunst der Pilger, viele von ihnen in Meditation versunken.

Rolf ließ sich Zeit. Immer dort, wo der Blick auf den Altar besonders gut war, riefen Wärter: „Bitte weitergehen."

Um länger verweilen zu können, ging Rolf mehrfach im Kreis um das Heilige Buch und schaute dabei den Priestern zu, die den Altar beständig mit Blumen schmückten.

Wenn es möglich gewesen wäre, hätte er hier gerne irgendwo in einer Ecke seine Staffelei aufgebaut und seine Gefühle und Emotionen bildlich dargestellt.

Am nächsten Morgen fuhr er nach Delhi zurück. Es regnete weiterhin, wenn auch nicht heftig. Rolf war noch müde und döste fast die ganze Zeit im Auto.

Die Zeit verging schnell. Die Eindrücke vom Tempel hatten sich tief in seine Erinnerung eingegraben, ebenso wie die eigenartige Party der Sikh-Künstler am Vortag und in der Nacht.

Er freute sich, der Fahrer brachte ihn direkt zum Flughafen. Die Zeit war gut geplant, er musste nur zwei Stunden warten. Der Rückflug nach Mumbai war pünktlich und entspannend.

19

Nachts wieder dieser Regen, der den schleimigen Morgennebel ahnen ließ. Rolf lag lange wach. Es war stickig im Zimmer, der Deckenventilator störte ihn, der doch sonst eher beruhigend wirkte. Schon früh stand er am Fenster, es hatte aufgehört zu regnen, irgendwo heulte ein Hund.

Aber die ersten Sonnenstrahlen glitzerten auf dem dunstgeschwängerten Asphalt. Ein verheißungsvoller Morgen? Mumbai begrüßte ihn von der besten Seite.

Natürlich war er enttäuscht, bisher nichts aus

Singapore gehört zu haben. Nach einem hastigen Frühstück lief er ziellos zum Marine Drive und entlang des Promenadenweges an der Küste. Geduld war nicht seine Stärke.

Mittags wollte er erneut seine E-Mails im Internetcafé überprüfen, zum Malen fehlte ihm die Inspiration. Er war davon überzeugt, etwas Erhabenes geschaffen zu haben, die Jury würde sicherlich das asiatisch geprägte Meditative des Gemäldes erkennen. So musste es sein! So wird es sein! Rolf war davon überzeugt.

Er überlegte, ob er Suresh anrufen sollte. Nein, das konnte warten. Wieder keine E-Mail. Im Zimmer seiner Pension zappte er von einem Fernsehprogramm zum nächsten. Nichts konnte ihn fesseln und ablenken.So lief er durch die Straßen, bis ihm der Schweiß den Rücken hinunterlief.

Am nächsten Morgen ein Blick aus seinem Fenster, erneut sonniges Wetter. Draußen war es heute nicht zu feucht. Die Zeit schien stehen zu bleiben.

Und dann endlich, am späten Vormittag: keine

E-Mail, aber ein kurzer Brief an seine Hotelanschrift:

„Ihr Gemälde und die beigefügten Fotos haben

die Jury beeindruckt. Obwohl Sie Europäer

sind, haben Sie eine abstrakte Form gefunden,

die die asiatische Seele erahnt.

Wir freuen uns deshalb, Sie mit dem fünften

Preis auszuzeichnen. Das ist das erste Mal, dass

wir damit einen Europäer ehren. Darüber hi-

naus ist eine der hiesigen Galerien daran in-

teressiert, Ihr Gemälde zu erwerben.

Der Preis ist mit einem dreitägigen Aufenthalt

in Singapore verbunden, wobei alle Kosten von

uns übernommen werden, einschließlich des

Rückflugs nach Indien. Im Rahmen unserer

offiziellen Zeremonie werden wir Ihnen auch

die Ehrenurkunde überreichen. Anschließend

werden Sie ausreichend Zeit haben, mit der

interessierten Galerie die weiteren Modalitäten

zu besprechen und andere Künstler zu treffen.

Bitte geben Sie uns kurz ihre Flugdaten durch,

damit wir hier alles arrangieren können.

Weiterhin viel Erfolg und freundliche Grüße."

Rolf schwankte zwischen Freude und Zweifel. Der fünfte Preis? Damit hatte er nicht gerechnet, zumindest war es eine Anerkennung.

Sofort rief er Irene an, er musste mit ihr reden, um seine Gefühle zu ordnen.

Irene reagierte überraschend positiv: „Aber Rolf, du kannst nicht mehr erwarten! Das ist ein asiatischer Wettbewerb, die Hauptpreise gehen selbstverständlich an asiatische Künstler. So ist es eben. Die Jury hat dein Gemälde gelobt und prämiert, das ist ein guter Start. Du bist nicht in Europa, du bist doch nur ein Außenseiter und solltest dich freuen, dass man dein Bild überhaupt akzeptiert hat."

Rolf konnte seine Enttäuschung nicht verhehlen, immer erwartete er totale Zustimmung zu seiner Kunst. Er sprach ganz leise, fast stockend, so als sei er erschöpft: „Vielleicht war die Jury zu oberflächlich und hat nicht das eigentliche Wesen, das Geheimnisvolle meines Bildes erkannt. Du weißt ja, dass sich meine Bilder erst bei intensivem Betrachten erschließen."

Irene versuchte ihn aufzumuntern. Natürlich war er neugierig nach Singapore zu fahren und auch ein Gespräch mit der Galerie wäre nützlich. Aber als Empfänger des fünften Preises? Vielleicht ergäbe sich ja in Zukunft eine bessere Chance.

„Nimm dir einige Tage Zeit und sprich mit Suresh darüber. Das wird dir helfen."

„Schön wäre es, wenn du hierher kommen würdest und wir zusammen nach Singapore reisen könnten ..."

Dann kam alles anders als erwartet. Spät am Abend rief Suresh ihn in seiner Pension an: „Rodolfo, wir müssen uns so bald wie möglich treffen. Ich habe eine Überraschung, ich bin ganz aufgeregt. Stell dir vor, soeben erhalte ich einen Brief aus Singapore, ich habe den zweiten Preis des Wettbewerbs gewonnen, bei so vielen Teilnehmern aus Singapore, aus Indonesien, den Philippinen, Malaysia und aus Indien.

Den ersten Preis erhält ein bekannter Maler aus Yogjakarta in Indonesien, ein Absolvent des bekannten 'Instituts Seni Indonesia', den dritten Preis ein Künstler von den Philippinen.

Rodolfo, das ist für mich die Erfüllung eines Traums, endlich eine große Anerkennung, als Bester der indischen Kandidaten. Ich kann es kaum glauben."

Rolf war verblüfft. Er sagte nur: „Das ist ja toll, ich gratuliere dir herzlich."

Suresh spürte sein Zögern, ohne den Grund zu erahnen.

„Es ist schon spät, aber ich wollte es dir gleich mitteilen. Du musst müde sein. Ich lade dich morgen Mittag in das Café Samovar zum Essen ein, das Restaurant bei der Jehangir-Gallery, dort können wir ausführlich darüber sprechen."

Rolf bedankte sich. Er spürte einen leichten Schwindel. Das konnte nicht sein! Ausgerechnet Suresh, ein etwas braver konservativer Maler, sicherlich nicht schlecht, allerdings kein wirkliches Genie. Eigentlich gebührte ihm selbst doch einer der ersten Preise, stattdessen hatte man ihn mit einem fünften Preis abgespeist. Einem fünften Preis! Suresh wollte er nichts davon sagen.

Er wollte ihn nicht enttäuschen, am liebsten hätte er das gemeinsame Essen um einige Tage verschoben. Aber das wäre ein Affront, waren sie nicht Freunde? Also ging er zu der vereinbarten Zeit in das Restaurant. Zum Glück musste er nicht viel sagen,

Suresh sprudelte voller Begeisterung: „Ich kann zwei Wochen als Gast der Künstlervereinigung Museen und Ateliers besuchen. Mehrere Galerien möchten meine Bilder ausstellen, eine sogar als Sonderausstellung mit früheren Werken. Man wird mich überall einführen. Ein Besuch ist ebenfalls bei der 'Nanyang Academy of Art' geplant.

Rodolfo, ich bin so glücklich und stolz. Die Jury lobt mein 'echtes ästhetisches Empfinden und meine tiefe Religiosität'. "

Suresh aß hektisch. Er war zu aufgeregt, um das Essen in Ruhe zu genießen. „Natürlich fahre ich nach Singapore, so schnell wie möglich."

Rolf atmete auf, Suresh hatte offensichtlich vergessen, dass er ein Bild zum Wettbewerb gesandt hatte. Suresh sprach ihn nicht darauf an und Rolf vermied das Thema. Ein fünfter Preis, das wäre blamabel. Suresh erzählte nur von sich, seinen Zielen, seiner Zukunft.

„Das ist für mich eine Chance, in Indien einen Durchbruch zu erzielen, Bilder in Mumbai und vielleicht auch in Delhi auszustellen und zu verkaufen."

Später dann telefonierte Rolf erneut mit Irene:

„Ich fühle mich irgendwie leer und ausgebrannt. Asien brachte mir mehrere Enttäuschungen, erst das Projekt mit der Pfefferplantage und jetzt dieser Wettbewerb. Ich brauche einen Szenenwechsel, eine schöpferische Pause, am besten einen Urlaub. Am liebsten mit dir, irgendwo ohne Hast. Kannst du dir nicht kurzfristig einige Tage Urlaub nehmen und zu mir kommen? Das dürfte im Grunde kein Problem sein, da ich ja auch noch nicht wieder in der Kanzlei arbeite."

Irene hatte einen überraschenden Vorschlag.

„Was hältst du von dieser Idee: Wir treffen uns in einem Hotel auf einer der kleinen Inseln der Malediven. Dort können wir in Ruhe über alles reden, über uns und unsere Zukunft, Pläne schmieden, schwimmen, schnorcheln, uns einfach viel Zeit nehmen. Und dann fliegen wir gemeinsam nach Deutschland zurück."

„Ich weiß nicht, ob ich meine Enttäuschung so leicht verdrängen kann. Ich will es versuchen. Einige stille Tage auf den Malediven, nur mit dir und dem Meer, könnten mir guttun.

Auf jeden Fall habe ich beschlossen, nicht nach Singapore zu fahren. Suresh wird dort natürlich von dem fünften Preis hören, aber ich muss ja nicht dabei sein. Und Kontakt zu der Galerie kann ich ohne Weiteres schriftlich aufnehmen. Schön wäre es, wenn das Bild dort bleiben könnte."

„Ich bemühe mich sofort um ein Hotel auf einer der Inseln und um die Flüge. Das Visum dürfte kein Problem sein."

Der Abschied von Suresh war herzlich.

„Wir werden uns bestimmt wiedersehen, ich wünsche dir Glück und Erfolg. Nächste Woche reise ich weiter. Ich habe dir für so vieles zu danken, du hast mir alle Türen in Mumbai geöffnet. Und wir hatten viele interessante Gespräche."

Suresh war noch immer ganz aufgeregt. Er klopfte Rolf freundschaftlich auf den Rücken.

20

Jeden Morgen vor dem Frühstück liefen sie Hand in Hand einmal um die Insel. Ab und zu blieben sie stehen, schauten auf das blaue Meer und den schmalen Strand. Kleine Einsiedlerkrebse hatten Spuren im Sand hinterlassen, es sah aus wie ein unregelmäßig gewebter Teppich. An den Palmen glitzerten Tropfen vom nächtlichen Regenschauer. Ein junger, fast transparenter Gecko huschte auf den Blättern am Ufer. Dort, wo das Wasser brackig war, reckte eine Schraubenpalme bizarre Wurzeln in die Luft. Es war so ruhig, so friedlich, die Hektik von Mumbai war so fern.

Nach einer guten Stunde waren sie in ihrem Bungalow am Strand. Sie lachten unbeschwert wie

Kinder, Rolf hatte endlich seine Ungezwungenheit wiedergefunden.

Rolf war glücklich, Irene in seiner Nähe zu haben. Manchmal des Nachts wachte er auf und dachte neidvoll an Suresh. Am Morgen lenkte ihn die friedliche Inselwelt ab, die Nacht war vergessen.

Die Tage verbrachten sie mit Schnorcheln, mit Lesen. Habib, der sich um alles kümmerte, den Bungalow reinigte, die Betten neu bezog und die Liegestühle ans Ufer trug, war klein und stämmig. Sein dunkler Teint ließ die Augen leuchten. Jeden Tag trug er eine weiße Hose und ein makellos sauberes Hemd. In seinen freien Stunden am Nachmittag spielte er mit den Kellnern Volleyball. Das war seine große Leidenschaft.

„Meine Insel ist weit von hier. Sechsunddreißig Stunden muss man mit dem Boot fahren, durch viele Atolle."

„Es muss schwer für Sie sein, ganz alleine, ohne Familie, so weit weg von allen Freunden, allem Gewohnten?"

„Ich schätze die Arbeit und hier kann ich endlich

Geld sparen. Ich bin stolz, meiner Frau und meinen Kindern helfen zu können. Und inzwischen habe ich auch gute Freunde. Wir lachen viel und die meisten Gäste sind freundlich zu uns."

In dieser beschaulichen Atmosphäre malte Rolf ein kleines Bild, eine Meeresstimmung, in zarten Farben, so ganz anders als seine abstrakten „Meisterwerke". Irene freute sich, dass Rolf beim Malen entspannen konnte. Habib, der ihm ab und zu über die Schulter geschaut hatte, gefiel das Bild.

An einem der Nachmittage, als die Hausarbeit getan war, setzte Habib sich zu ihnen in den Sand. Sie plauderten über seine Heimat und über Deutschland. Rolf und Irene waren neugierig, mehr über ihn und seiner Reise zu der Insel zu erfahren.

„Meine Reise hierher war lang und geruhsam. In der Dämmerung spiegelte sich der fast volle Mond in den sanften Wellen. Das Dhoni, das Holzboot mit dem sichelförmigen Bug, glitt durch das seichte Wasser des Atolls, das Ringriff hielt die Wogen ab.

Ich saß auf einer schmalen Planke am Bug des

Bootes und träumte die Melodie des Abends. Ich wusste, wir werden in der Nacht das Atoll nicht verlassen, die Riffe sind gefährlich, und die Finsternis könnte uns verschlingen. Ich bin es gewohnt, auf einem Brett zu sitzen. Daheim, auf der winzigen Insel im tiefen Süden, sitzen wir morgens und abends auf einem Schaukelbrett, ganz entspannt und plaudern und lachen."

Habib sprach leise, mit monotoner Stimme, sanft wie das Spiel der Meereswellen.

„Auf der Fahrt dachte ich immer wieder an meine Insel, an meine Familie, die zwei Töchter, den Sohn, der nun auch schon bald die Schule der Hauptstadt besuchen wird. Wenn er die ersten Suren des Korans liest, noch etwas stockend mit seiner hellen klaren Stimme, bin ich richtig stolz auf ihn."

Er wischte sich eine Träne aus seinen dunklen, lebhaften Augen.

„Dann überkam mich ein Hauch von Heimweh. Ich sagte mir, zwei oder drei Jahre, das ist keine lange Zeit. Wenn die Dämmerung nach dem gemeinsamen Gebet hereinbricht, werde ich gefühlsselig. Diese

Nacht würden wir ein letztes Mal ankern vor einer der Fischerinseln, unsere Hütte aufbauen, noch eine Nacht auf See schlafen und morgen endlich das letzte Atoll erreichen, dort wo die fremde Insel mich erwartete.

Meine Kumpel auf dem Boot riefen: 'Habib, komm, die Garudiya ist fertig, hock dich zu uns!'

Wir sprachen Divehi, mit südlichem Akzent. Und wieder hatte der Koch Fischsuppe und Reis zubereitet. Zu Hause war ich manchmal mit den Fischern aufs offene Meer gefahren, wir haben Thunfisch und Schwertfisch gefangen. Unser Speisezettel ist anspruchslos, nicht so wie hier im Hotel auf der Touristeninsel. Fisch, Reis und Ananas, so bin ich es gewohnt. Wir hatten gehört, dass es auf der Touristeninsel sogar Fleisch geben soll und Gemüse. Hoffentlich kein Schweinefleisch, darauf wollte ich achten."

Habib trank einen Schluck Wasser, schaute fast verträumt auf die Palmenkulisse vor dem Meer. Ein stiller, geruhsamer Nachmittag. Der Wind ruhte, die Luft war schwer.

„Wir aßen die Suppe und tranken das leicht salzige Wasser, das den Geruch von faulen Palmwurzeln hatte. Noch eine Nacht und einen halben Tag. Wie eine endlose Kette von Wiederholungen kam uns die Fahrt durch die Atolle vor, entlang unzähliger flacher Inseln mit Kokospalmen.

Wir sprachen wenig und kauten unsere Betelnüsse, sahen den Mond hinter leichten Wolkenschleiern hervorkommen und gehen und den Glanz des 'Kreuz des Südens'. Wie daheim. Käme ein Dschinn und gewährte mir einen Wunsch, wollte ich mir Erfolg wünschen oder Gesundheit oder einfach nur die Kraft, die vielen langen Jahre durchzuhalten.

'Hoffentlich überrascht uns nicht wieder ein Regenschauer.'

Der Südwest-Monsun ist launisch und besucht die Inseln, ohne sich anzukündigen. Aber wir hatten Glück, der Wind schlief ein. Die Nacht überrollte den Abend. Auch ich ruhte."

Irene und Rolf tranken ab und zu von ihrem Fruchtsaft, eine ganze Karaffe hatten sie sich bringen lassen. Sie waren überrascht, dass Habib so blumenreich erzählen konnte. Habib schaute auf die Uhr, er hatte noch Zeit, hier hatte das Leben einen anderen Rhythmus.

„Am frühen Morgen verließen wir das Atoll. Die See war stürmisch, die frische Gischt brachte jungen Schwung. Das Boot war breit und schnell, die hohen Segel trieben es voran. Ich wollte nur ankommen, endlich ankommen. Ob ich auf der Touristeninsel Volleyball spielen dürfte? Auch das wünschte ich mir.

Die Riffkante war überwunden, das Meer schien zu ruhen. Möwen und Schwalben drehten Kreise, verschwanden im Frühdunst. Ob wohl meine Familie an mich dachte? Meine Frau sollte das Palmdach unserer Hütte ausbessern, das war notwendig, der Regen wartete nicht. Ich hatte es ihr gesagt, sie hatte genickt, so war es gut."

Rolf und Irene lauschten gespannt, so gesprächig hatten sie Habib bisher nicht erlebt.

„Am Nachmittag erreichten wir diese Insel. Orangefarbene Blüten von Eibischbäumen bedeckten den Strand. Auf der Mole stand ein Fischreiher, stolz und träge. Erst als unser Dhoni dicht vorbeifuhr, breitete er die Flügel aus und schwebte ganz niedrig über das flache Wasser der Ebbe. Die Insel war kleiner, als ich erwartet hatte, nur wenige strohgedeckte Hütten aus Korallensteinen in der Nähe des Strandes. Dort, wo die Dhonis anlegten, beim Restaurant, empfing mich Abdul, einer der Kellner, mein Schulfreund von der Insel des Südens, der mir diesen Job vermittelt hatte.

'As-salam alaikum, und sei willkommen, und wie war die Fahrt, und was machen deine Englischkenntnisse und die Insel im Süden, sind alle wohlauf?'

Ein Schwall von Worten, von herzlichen Worten empfing mich.

Im Dunst der Morgenfrühe stand ich am Strand und schaute auf den weiten Horizont. Bougainvilleen säumten die Pfade. Ich freute mich, ich wusste, dass ich willkommen war."

Irene und Rolf lobten Habib, er hätte so lebendig erzählt, ihnen eine neue Tür zu seiner Inselwelt geöffnet.

„Habib, möchtest du mit uns etwas trinken?"

Habib schaute auf seine Uhr.

„Herzlichen Dank, an einem anderen Tag. Ich habe den Nachmittag genossen, jetzt ruft die Arbeit."

21

Nachts hatte es geregnet, an den Wassertropfen auf den Bougainvillen brach sich das Sonnenlicht. Nach dem Frühstück blieben Irene und Rolf auf der Terrasse sitzen und freuten sich über die frische Brise vom Meer.

„Du bist ruhiger geworden, die Hektik und die Nervosität sind in Mumbai geblieben. Eine Woche in diesem ruhigen Hotel haben dir gut getan."

Rolf schaute sanft in ihre Augen. „Es war gut Abstand zu gewinnen, nur so konnte ich meine Enttäuschung überwinden. Dafür möchte ich dir wirklich danken.

Vielleicht habe ich Suresh unterschätzt und seine Bilder nicht ganz verstanden. Er ist tief religiös geprägt. Einmal sagte er mir: 'In meinen Bildern versuche ich auch die Dramatik religiöser Ereignisse zu

212

erfassen. Das ist schwer für mich zu begreifen. In dem Moment, als Buddha erleuchtet wurde, strömte eine unfassbare Energie in das All - solche Augenblicke möchte ich bildlich darstellen.'

Ich konnte seine Worte nicht kommentieren, sein Denken war mir fremd. Meine Kunst ist weltlicher."

Sie bestellten sich eine weitere Karaffe mit den frisch gepressten Fruchtsäften. Sie waren so lecker.

„In Asien habe ich viele Bilder gesehen und mit mehreren Malern gesprochen, einige habe ich bewundert, anderen gegenüber blieb ich gleichgültig. Ich habe gedacht, alles zu verstehen, aber war das wirklich so? Manchmal war mein Urteil zu pauschal, zu Deutsch gedacht. Inder, Chinesen, Malaien – sie alle haben ihre eigene Mentalität. Ich muss unbedingt lernen, stärker zu differenzieren."

Dann überraschte er Irene mit den Worten: „Ich glaube, ich habe die Jury einfach überfordert, mein Bild richtig zu verstehen. Vielleicht habe ich mich überschätzt, mich und meine Kunst.

Asien hat mich gelehrt, ruhiger zu werden. Ich bin überrascht, mittlerweile habe ich selber Freude an stillen Bildern wie dem Meeresbild, das ich hier male. Früher waren das nur Lückenbüßer, um mich wieder zu fangen, inzwischen kann ich mir vorstellen, diese Richtung auszubauen, weniger impulsiv, aber durchaus sinnlich. Ja, ich bin ruhiger geworden, das stimmt zweifellos, doch missen möchte ich diese lange Reise nicht. Ich habe so viel gelernt, auch über mich selber, nur jetzt drängt es mich nach Europa zurück."

Und nach einer kurzen Pause: „Lass uns schnorcheln gehen, ich muss über alles nachdenken."

Sie hatten geplant, zwei Tage später über Colombo nach Deutschland zurückzufliegen. Am selben Abend nahm Rolf das morgendliche Gespräch wieder auf.

„Bisher habe ich vor allem für mich gemalt und habe mich gefreut, wenn dir ein Bild gefiel. Ob es nun verkauft wurde oder nicht, war nicht so wichtig für mich. Das, was ich sah, was mich beeindruckte, habe ich in Farbe umgesetzt.

Das reicht mir nicht mehr. Malen wird zwar weiterhin ein Schwerpunkt in meinem Leben sein, ich glaube aber, dass ich darüber hinaus anderen Menschen die Ästhetik meiner Bilder nahebringen möchte. Ich werde meine Bilder häufiger ausstellen und auch verkaufen."

Sie saßen sie auf der Terrasse des Restaurants. Hier war es kühler als vor ihrem Bungalow. Der Service war unaufdringlich, heute half Habib seinem Freund Abdul.

Irene hatte inzwischen über das Gespräch mit Rolf nachgedacht.

„Wir könnten ganz neue Wege gehen. Ich hätte Freude daran, eine Galerie zu leiten, in der ich deine Bilder und eventuell das eine oder andere Bild der jungen Avantgarde ausstelle und verkaufe. Du müsstest etwas investieren, die Lage wäre wichtig und bevor wir die Miete verdienen, vergeht eine lange Zeit."

Rolf gefiel die Idee.

„Ich bin als Maler noch nicht bekannt. Früher träumte ich davon, ein oder zwei meiner Bilder auf der Documenta in Kassel oder in einem Museum auszustellen.Vielleicht erfüllt sich dieser Wunsch in einigen Jahren."

Rolf strich sich die Haare aus der Stirn, wie so häufig, und wischte sich die Schweißperlen aus dem Gesicht. Er sah ihr in die Augen. Wie sehr hatte er sie vermisst! Wie dumm war er doch gewesen!

„Irene, diesen Weg sollten wir gemeinsam gehen. Eine eigene Galerie, das ist ein schöner Plan. Aber ich möchte mehr, viel mehr. Eine Familie, Kinder, ein neues Leben!"

Irene errötete sanft. Sie fühlte sich schwach, er wirkte so viril, so erwartungsvoll.

Es fing leicht an zu regnen. Aus dem Lautsprecher klang gedämpft das lyrische Tenor-Saxofon von Stan Getz mit dem Bossa nova Desafinado.

22

Spätherbst in Hamburg, ein kühler, aber sonniger Tag. Irene und Rolf hatten sich an den Klimawechsel gewöhnt. An diesem Samstag gingen sie nicht in die

Kanzlei, Rolf wollte malen, sein erster Tag im Atelier. Wie jeden Morgen joggten sie zunächst an der Alster und erfreuten sich an der frischen Brise. Der Vermieter des Ateliers wollte ihnen gerne die darüberliegende Wohnung vermieten. Das wäre ideal. Sie wohnten zwar nur einige Häuserblöcke entfernt, aber praktischer wäre es schon, im gleichen Haus zu wohnen.

Sie waren überrascht. Georg stand vor der Tür. Rolf freute sich, er hatte ihn viele Monate nicht mehr gesehen.

„Schön, dass du gekommen bist. Ich wollte dich ohnehin in den nächsten Tagen anrufen."

Das Atelier war verändert. Irene hatte alles freundlicher gestaltet. Rolf, darüber erfreut, war damit einverstanden. Georg begutachtete die Bilder, die noch halb ausgepackt auf dem Boden lagen oder an der Wand lehnten.

Inzwischen stellte Rolf die Hi-Fi-Anlage an, eine sanfte Melodie von Al Di Meola erfüllte den Raum.

„Rolf, du hast dich nicht nur äußerlich verändert - der blonde Vollbart steht dir übrigens gut - , auch dein Malstil ist völlig anders, ein Gemisch deiner früheren Stile, aber zarter, kontemplativer."

„Das hast du richtig gesehen. Asien hat mich stark Beeinflusst. Ich benutze weichere Farben, zartere Übergänge, meine Motive sind meditativer. Ich glaube, ich habe jetzt meinen endgültigen Stil gefunden. Was hältst du davon?"

Georg nickte zustimmend.

„Ich mag verträumte Stimmungen, solche Bilder lassen sich wahrscheinlich leichter verkaufen in meinem Geschäft."

Irene lächelte ihn an: „Stell dir vor, Rolf malt jetzt ruhiger, ganz konzentriert, ohne sich in Ekstase zu verlieren. Seine Emotionen will er in Zukunft auf dem Tennisplatz abbauen. Da gibt es ja prominente Vorbilder."

Rolf lachte sein junges schelmenhaftes Lachen – und dann seine sonore Stimme: „Georg, was möchtest du trinken? Viel können wir dir nicht anbieten, wir haben hier nur Mineralwasser und Irene kann dir Kaffee oder grünen Tee kochen. In Zukunft wird das hoffentlich besser, wir haben die Chance, eine

Wohnung über dem Atelier zu mieten."

Georg und Rolf schlürften gemächlich den heißen Tee.

„Auf den Malediven kam uns die Idee, in Hamburg eine Galerie für moderne Malerei zu eröffnen, natürlich auch für meine eigenen Bilder. Eigentlich war es ja ein Vorschlag von Irene. Nachdem ich jetzt drei Tage in der Kanzlei war, kamen mir Zweifel. Ich hatte die Arbeit dort zu negativ gesehen. In Wirklichkeit ist es ganz anders, wir haben mehrere spannende Fälle. Vielleicht möchte ich doch lieber wieder beides mischen, zeitweilig malen und in der Kanzlei arbeiten."

Georg trank seine zweite Tasse Tee. Wie Rolf es aus Studientagen gewohnt war und nicht anders erwartet hatte, gab er eine offene und ehrliche Antwort.

„Ich rate euch von einer Galerie ab. Nicht, dass ich für euch keine Chance sehe, so ist es nicht, aber Gemälde verkaufen, ausschließlich abstrakte Bilder, ist eine mühsame Aufgabe. Ihr müsst Kontakte aufbauen, hier und in anderen Bundesländern. Der Umsatz wird lange Zeit mäßig sein und die Kosten hoch, vor allem für eine Galerie in guter Lage.

Warum bemüht ihr euch nicht gezielt um den Kontakt zu bestehenden Galerien in mehreren großen Städten? Rolf, mit deinem neuen Stil hast du überall Chancen."

„Das Gleiche habe ich Rolf vorgeschlagen. Er wird jetzt vor allem in seiner Freizeit malen. Ich könnte geeignete Galerien besuchen und seine Bilder vorstellen."

Georg stand auf und schaute sich alle Bilder noch einmal an, ganz in Ruhe. Dann wählte er drei Bilder aus, die er gerne in seinem Geschäft ausstellen wollte.

Als er sich verabschiedete, hatte Irene eine Überraschung für ihn: „Wir wollen keine große Zeremonie, keine große Feier. Georg, wärst du bereit, einer unserer Trauzeugen zu sein?"

Und Rolf setzte hinzu: „Eine Hochzeitsreise haben wir für nächstes Jahr geplant. Jetzt müssen wir erst einmal hier zur Ruhe kommen. Aber es reizt uns natürlich, recht bald unser Langhaus in Sarawak zu besuchen und den Tuai Rumah und viele Freunde wiederzusehen."

Zum Autor

Olaf Müller-Teut, in Hamburg geboren, war als
Exportleiter eines großen Industrieunternehmens
und als Repräsentant eines europäischen Konzerns
mehrere Jahrzehnte in Asien und Afrika tätig.

Dabei hat er viele Länder kennengelernt und sich mit
fremden Mentalitäten sowie der Kultur und Geschichte
der Menschen vor Ort intensiv auseinandergesetzt.
Seine vielfältigen Erfahrungen und Erlebnisse finden
Niederschlag in seinen Romanen.

Vom selben Autor

Afrikanisches Schattenspiel
Books on Demand
Paperback, 176 Seiten
ISBN: 978-3-8370-3374-8
Westafrika – hautnah

„Die Dunkelheit kroch aus allen Winkeln.
Wie in Orkanwellen brauste das eintönige
Konzert der Grillen auf, verebbte, erhob
sich erneut. Weiter im Dorf warfen die
Palmöllampen gespenstische Schatten.
Barfüßige Männer gingen fast lautlos
und verschwanden wie das Wasser im
Meer."

Angelika, Studentin aus Hamburg, erlebt
zum ersten Mal die faszinierende Atmosphäre westafrikanischer Landschaften und
Städte, während ihr Freund Tete sich in
seiner Heimat Togo auf die Suche nach den
eigenen Wurzeln macht und den Aufbau
eines Museums plant.

In poetischen Szenen von großer suggestiver
Kraft schildert der Autor die fremde Welt
Afrikas, die er von vielen Reisen kennt und
dem Leser auf literaisch überzeugende
Weise nahezubringen weiß.

Vom selben Autor

Morgenlicht über Vietnam
Eine Familie zwischen zwei Welten
Books on Demand
Paperback, 204 Seiten
ISBN 978-3-7347-6180-5

"Die harten Jahre waren nicht ohne Spuren
geblieben. In der Erinnerung war das Bild
der Mutter so wie vor vielen Jahren, in den
ersten Minuten fühlte sich Luc von der
Realität bedrückt. Ihr fein ziseliertes Gesicht
war hagerer und gefurchter, aber ihre Haare
glänzten noch jugendlich. Auch ihre Stimme
war klar und laut, jedoch unterbrach sie ihren
Redeschwall immer wieder ganz unerwartet,
so als müsse sie über etwas nachdenken, und
sie schien nur Sätze hören zu wollen, die ihr
angenehm waren."

Olaf Müller-Teut erzählt die spannende und an
Höhepunkten reiche Geschichte einer chinesisch-
vietnamesischen Familie über fünf Jahrzehnte
– in friedlichen und stürmischen Zeiten, Zeiten
des Umbruchs und des Neubeginns, zwischen
Saigon und Hamburg, Hanoi und Berlin.

Dabei entsteht vor den Augen des Lesers ein
facettenreiches Bild verschiedenartiger Kulturen
und eines rastlosen Lebens zwischen zwei Welten.

„Der Autor, der beruflich viele Jahre in Asien und Afrika unterwegs war, stellt eine chinesisch-vietnamesische Familie aus Saigon in der 2. Hälfte des 20. Jahrhunderts in den Mittelpunkt. Dabei vermittelt er auch viel Interessantes und Wissenswertes über das Land und seine Menschen, denen er offensichtlich viel Sympathie entgegenbringt."

Deutsch-Vietnamesische Gesellschaft, Berlin

(Website)